행성B 산문 시리즈    쓰는 존재 5

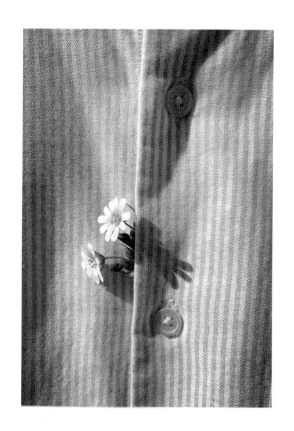

# 단어의 위로

## 잘하고 있는 내가 자라고 있는 나에게

서귤 지음

행성B

## 프롤로그

*괜찮아.*

*안심해.*

*정말 잘하고 있어.*


누구나 결핍을 하나쯤 갖고 어른이 된다. 애정이나 인정, 더러는 외모나 돈일 수도 있고, 또 다른 어떤 것일 수도 있다. 미처 채워지지 못한 그 어떤 것 때문에 우리는 불완전한 상태로 어른이 된다.

어른으로 사는 것이 고되게 느껴지는 건 이 결핍 때문이다. 불완에서 기인한 불안과 강박, 열등감 같은 것들은 삶을 실제보다 피로하게 만든다. 게다가 힘들다고 투정 부리기에는 너무 커버린 몸과 그에 비해 아직 다 자라지 못한 마음 사이의 간극은 우리를 더 혼란스럽게 한다.

삶에 너무 지쳤거나 크게 상처받았던 날, 혼자만의 공간으로 숨어버렸던 경험이 있을 것이다. 혹은 공격적일 만큼 예민해지거나, 스스로도 놀랄 만큼 낯선 모습을 보였을 수도 있다. 알고 보면 이런 것들은 모두 자신을 지키기 위한 행동이다. 마음 한구석에 아주 예민하고 연약한 부분을 가지고 살아가는, 결핍 있는 어른의 자기방어.

사실 그럴 때마다 필요했던 건 위로였다. 괜찮노라고, 잘하고 있으니 안심하라고, 살다 보면 그럴 수 있다고 말해주는 따스한 부축.

이 책은 일상에서 사용하는 단어를 내세워 마음을 위로하는 이야기를 담고 있다. 감정, 성장, 관계와 같이 내 마음이 곧바로 연결된 단어들과 가족, 회사처럼 내가 속한 곳과 관련된 단어들이다. 사전에 적혀있는 문자 그대로의 의미가 아니라 마음에서 느껴지는 의미, 혹은 지친 마음을 달래주리라 기대하는 의미로 새롭게 정의했다. 오롯이 당신의 마음을 위한 〈위로의 사전〉인 셈이다.

*투정 부리기에는 너무 커버린 어른에게*
*잘하고 있다고 말해주고 싶었던 나 자신에게*
*그동안 불안하고 힘들었을 그들의 마음에게*
*단어의 힘을 빌려 위로를 전한다.*

부디, 이 책에 쓰인 보통의 단어들이 위로로 가닿길 바란다. 일상에서 마주하게 되는 상황과 생각을 나누며, 즐겁고 뭉클한 순간들을 공유하며, 페이지를 넘길 때마다 삶을 바라보는 시선에 온기를 더하며 더 이상 아프기만 하지는 않았으면 좋겠다.

살아오는 동안 몇몇 실수들이 있었지만, 대체로 잘 살아왔다고. 그렇게 잘 자라서, 충분히 잘 살고 있노라고. 그러니 괜찮다고, 안심하라고, 정말 잘하고 있다고 이 책에 담아 전할 수 있었으면.

# 차 례

2부

성장의 단어

3부

관계의 단어

1부

감정의 단어

내 마음이 하는 말, 하지만 다 말하지는 못 하는 말

# 감정

**감**　감정의 종류는

**정**　정말 많다. 그중에 틀린 것은 하나도 없다


마음이 어지럽게 일렁이는 날에는
그냥 내버려 두어도 좋다.
그것도 내 삶의 하루고
그래도 나는 여전히 그 자리니까.
날아갈 듯 기분 좋은 날도
이유 없이 우울한 날도
모두가 소중한 나의 오늘이니까.

# 아픔

**아**  아직
**픔**  픔(품)어주지 못한 내 마음의 상처

보통 신체의 병을 고치는 것을 '치료'라 하고, 마음의 병을 고치는 것을 '치유'라고 표현한다. 치료는 '다스릴 치(治)'에 '고칠 료(療)' 자를 쓴다. 의사와 같은 타인의 도움으로 병을 고치는 것이다. 치유는 '다스릴 치(治)'에 '나을 유(癒)' 자를 쓴다. 병을 스스로 이겨내고 회복한다는 의미이다. 마음의 병이 낫기 위해서는 무엇보다 자신의 의지가 중요하기에 이런 표현을 쓰는 게 아닐까.

마음의 병은 기억에 새겨진 상처에서 시작된다. 어떤 상처는 트라우마가 되어 평생을 괴롭히고, 어떤 상처는 헤어 나오기 힘든 우울로 빠지게 만든다. 마음의 병은 아주 무섭다. 상처를 눈으로 볼 수 없어서 병의 깊이를 가늠하기 어렵고, 불면, 공황, 대인기피와 같은 합병증으로 번져 삶을 피폐하게 만든다. 그래서 마음에 상처를 입었다면 병으로 악화되기 전에 잘 돌봐주어야 한다.

마음에 입은 상처는 얼음과 같다. 사소한 것은 쉽게 녹아 없어지지만, 깊게 베인 것은 크고 단단한 얼음덩이가 되어 마음 한편을 차지한다. 이것은 쉽게 녹지도 깨지지도 않기 때문에 없애기를 포기하는 경우가 많다. 그렇게 외면과 방치를 양분 삼아 빙산만큼 커져버린 상처는 결국 온 마음을 얼어붙게 만든다.


우리에게는 용기와 끈기가 필요하다. 상처로 얼룩진 기억과 직면할 수 있는 용기, 그리고 치유로 가는 고된 과정을 버텨낼 끈기. 이 두 가지를 갖추고 나서 가엽고 처량했던 나, 위로받지 못했던 과거의 나를 따뜻하게 품어주어야 한다. 상처받은 마음도 결국 '나'이기에 내가 제일 잘 다독일 수 있다.

기억을 삭제할 수 없듯 마음의 상처도 잊을 수 없다. 오랜 시간이 지나 잊은 것 같아도, 사실 무의식에 숨겨놓고 사는 것이다. 그래서 마음의 상처는 잊는 게 아니라 품어주어야 한다. 상처받은 기억과 직면하고, 충분히 아파하고, 따뜻하게 위

로하는 과정이 유일한 치유법이다. 그리고 그 과정을 겪으며
우리는 조금 더 단단하고 따뜻한 어른이 된다.

# 불안

**불**　불편한 것만 떠오르고

**안**　안 되는 미래만 상상되고


불안은 아직 오지 않은 시간에서 온다.

그렇게 될 수도 있고, 그렇게 되지 않을 수도 있는

'미래'라는 시간의 소속이다.


미래에 대한 불안은 현재의 나에게 압박감을 준다.

그리고 그 압박감은 마음에서 여유를 빼앗는다.

여유가 없으니 삶이 늘 초조하고 긴장된다.

그러다 몸과 마음이 지쳐 기력을 잃는다.

갈수록 무기력이 깊어지다가 결국 우울해진다.

'이렇게 사는 것'도 싫고 '이렇게 사는 나'도 싫어진다.

이것이 불안이 우울로 이어지는 감정의 흐름이다.

불안한 미래에만 집중하다 보면
오늘의 행복을 느낄 수 없다.
지금 이 순간에도 당신 곁을 스치는
수많은 행복을 모두 놓치게 된다.
불안에 빠지지 않기 위한 최선의 방법은
현재를 충실하게 살아내는 것이다.
오늘에 존재하는 행복을 가까이하고
상상 속에만 존재하는 불안은 멀리하는 것이다.

그럼에도 불구하고
불안을 떨칠 수 없다면 그냥 외우자.
불안할 때마다 외치자.
유명한 말이 있지 않은가.


"*Carpe diem*! 현재를 즐겨라!"

# 자학

**자**    자신이 세상에서 가장 소중하다는 사실을

**학**    학습하기 위한 고난의 과정


## 차라리 나르시시스트로 살아라

너그럽지 않아서 화가 나는 것이 아니며
의연하지 못해서 가슴에 담고 사는 것이 아니다.
내 마음이 그런 데에는 다 그럴만한 이유가 있다.
내가 잘못해서 혹은 잘하지 못해서 그런 것이 아니다.

자신을 미워하지 않았으면 좋겠다.
가장 중요하고 아껴줘야 할 존재를
못난이 밉상, 미운 아이로 만들지 않았으면 좋겠다.
다른 사람에게 너그럽듯

다른 사람에게 칭찬이 후하듯
다른 사람을 인정해 주듯
자신도 그렇게 대해줬으면 좋겠다.

그것이 설사 나르시시스트처럼 보일지라도.


## 울지 않는 아이에게

울면 안 되는 아이로 자라는 사람이 있다. 부모 혹은 가까운 사람으로부터 도움을 받지 못했거나, 외면당했던 사람. 어린 시절부터 이런 경험이 누적되어 울어봤자 소용없다고 믿게 된 사람. 그래서 무엇이든 혼자서 이겨내기로 한 가여운 사람.

이런 사람은 아무것도 요구하지 않는 어른이 된다. 남을 도와주는 일은 마다하지 않고 나서면서, 정작 자기가 도움이 필요할 때는 혼자서 모든 걸 감당하려 한다. 심지어 도움이 필요하다는 내색조차 하지 않는다. 스스로 울면 안 되는 사람이라 생각하기 때문에, 아니 울어도 도와줄 사람이 없다고 믿기 때문에, 어렵고 힘들다고 말하지 않는 것이다. 오히려 그런 일을 겪게 된 원인이 자신의 무능함이나 나약함 때문이라고 여기기도 한다. 나는 이 가여운 사람에게 바라는 것이 있다.

첫째, 모든 걸 혼자 짊어지려 하지 않기.

둘째, 도움을 받지 못했던 것도, 힘든 일을 겪게 된 것도, 자신의 잘못이 아니었다는 걸 인정하기.

셋째, 무능하고 나약하다고 자신을 학대하기보다 여기까지 애쓰며 이겨내 온 자신을 보듬어 주기.

넷째, 견딜 수 없이 힘든 날에는 어린아이처럼 펑펑 울고 투정 부리기.

다섯째, 저마다의 말 못 할 사정으로 나를 도와주지 못했던 그 사람들도 사실은 나를 사랑하고 있었다는 걸 알아주기.

그렇게 조금이라도 가벼워진 마음으로 당신이 행복해지기를 바란다.

# 우울

**우** 우리의 마음 깊은 곳에 사는
**울** 울고 싶은 아이

## 우울을 대하는 마음

무기력하고 우울한 기분이 계속돼서 병원에 간 적이 있다. 몇 가지 검사와 상담을 거친 후에 우울증이라는 말을 들었다. 진단서에 '상세 불명의 우울'로 시작하는 내용이 적혀 있었다. 의사 선생님도 내가 왜 우울한지는 알 수 없었나 보다. 하긴 마음이 너무 복잡하고 어두워서 나도 내 우울의 뿌리를 찾지 못하고 있었다. 내 마음에서 일어나는 일임에도 나 또한 알지 못했다.

타인의 우울을 이해한다는 건 매우 어렵다. 어디서부터 어떻게 시작됐는지 알 수 없고, 얼마큼 큰 아픔을 겪고 있는지 가늠할 수 없기 때문이다. 그러고 보면 우울이란 결국 스스로 이겨내야 하는 게 아닐까. 원인도 상태도 내가 가장 잘 알고 있으니 말이다.

언젠가 우울증약을 먹는 것에 대해 재밌는 이야기를 들은 적이 있다.

"우울증약은 분명히 도움이 된다. 하지만 근본적인 치료가 되진 않는다. 약을 먹음으로써 우울한 기분으로 침대에 누워 있는 환자가 덜 우울해질 수는 있다. 하지만 침대에서 일어나는 건 오롯이 환자의 몫이다. 약은 환자가 일어나는 걸 도와주는 부축 정도의 역할이다. 본인의 의지가 없다면 금방 다시 주저앉게 된다."

의학적으로 맞는 말인지 모르겠지만, 우울에 빠지고 벗어나는 걸 반복하면서 나는 이 이야기에 적극적으로 공감하게 됐다. 경험해 보니 도움을 받아 극복하는 건 한계가 있었다. 내 마음이 단단해지지 않으면 사소한 일에도 다시 우울감이 찾아왔다. 결국 우울을 이겨내기 위한 가장 중요한 힘은 '나'에게 있었다.

예방하는 방법이 있다면 좋겠지만, 아쉽게도 우울이 찾아오는 건 막을 수 없다. 누구에게나 마음이 약해지는 때가 있고, 마음 안에서 견디지 못하는 말이 있기 때문이다. 그런 때와 그런 말은 우울이 가장 좋아하는 것이다. 그래서 우울을 대하는 자세는 '예방'이 아니라 '회복'에 집중돼야 한다. 언제 그것이 찾아오더라도 가벼운 감기처럼 흘려보낼 수 있도록 마음의 힘을 키워야 한다.

마음의 힘을 키우려면 여유를 가져야 한다. 여유가 없으면 불안감이 높아지고, 불안감이 높아지면 부정적인 생각으로 가득해진다. 부정적인 생각은 미래를 비관적으로 바라보게 하고, 의지와 의욕을 잃게 만든다. 마음이 힘을 잃는다. 여유는 삶을 긍정적으로 바라보게 하고, 불안감을 낮춰서 마음을 튼튼하게 만들어 준다.

그럼에도 불구하고 우울한 기분이 들 때는 좋아하는 것을 가까이하는 게 도움이 된다. 예를 들면 재밌는 영화, 기분을 전환할 수 있는 음악, 마음을 채워주는 책과 같은 것들이다. 또 운동에 집중하거나, 마음이 편해지는 사람을 만나는 것도 도움이 된다. 이런 것들은 우울로 향하던 나의 기분을 제자리로 돌려놓는다.

우울이란 단어의 의미를 찾아보았다. '근심 우(憂)'에 '답답할 울(鬱)', 마음이 근심으로 가득 차서 답답한 상태라는 뜻이다. 그런데 한자를 조금 더 찾아보니 답답할 울은 '울창하다'라는 뜻도 있었다. '숲이 울창하다'라고 표현할 때 쓰는 것과 같은 한자다.

어쩌면 사람이 우울에 빠지는 건 감정의 숲이 울창해서가 아닐까. 가슴이 답답하다고 느끼는 건 풍부한 감정들이 마음을 가득 채워서가 아닐까. 만약 그런 것이라면, 자주 또는 깊은 우울을 겪는 사람은 울창한 감정의 숲을 가진 것이다. 마음이 약한 게 아니라 너무 인간적이라는 증거다. 만약 당신이 그런 사람이라면, 앞으로는 그걸 당신의 행복을 위해 썼으면 좋겠다.

**삶을 우울에게 양보하지 않았으면 좋겠다**

우울증에 걸렸던 사람들이 걱정하는 것이 있다. 그건 바로 언제 다시 우울해질지 모른다는 불안감이다. 우울은 언제나 갑작스럽게, 예상하지 못한 순간에, 예고 없이 찾아오기 때문에 늘 불안하다.

우울에 빠지면 대수롭지 않던 일들이 다 목에 걸리는 것처럼 불편하고, 평소에는 흘려듣던 말들이 살을 베는 상처로 다가온다. 그렇게 불편하고 상처받으면서 깊은 바다로 빨려 들어가듯 기분이 가라앉는다. 우울증을 경험했던 사람의 3분의 2가 자살을 생각한 적 있다는 연구결과를 본 적이 있다. 우울이란 것이 사람을 얼마나 깊이 잠식시키는지 알려주는 통계다.

우울증은 이렇게나 무서운 병이다. 건강한 신체를 가지고도 죽음에 가까워질 수 있는 병. 그래서 한 번 겪어 본 사람들은 그것이 다시 찾아올까 봐 항상 두렵다.

하지만 침울한 날, 울적한 날, 기운이 없는 날, 그런 날은 누구에게나 찾아온다. 중요한 건 그런 날이 없도록 사는 게 아니라 '그런 날'이 '그런 기간'이 되지 않도록 하는 것이다. 울적한 기분에 빠져 더 깊은 곳으로 매몰되거나, 우울의 파도에 삼켜지지 않도록.

그것이 얼마나 무서운지 알기에 미리 겁을 먹게 되는 것은 어쩔 수 없지만, 이전에도 잘 견뎌냈으니 앞으로도 잘 해낼 수 있을 것이다. 어느 날 예고 없이 우울이 찾아와도 전보다 더 단단해지고 성숙해졌기에 아무 일도 아닌 것처럼 흘려보낼 수 있을 것이다. 그렇게 앞으로 만나게 되는 우울은 '기간'이 아니라 '날' 또는 '순간'이 되어 기억에도 남지 않을 때로 사라질 것이다.

누구나 행복할 권리가 있고 그럴 수 있는 능력이 있다. 당신도 그 누구나 중 한 사람이다. 그러니까 우울의 무서움을 안다고 해서 불안해하며 살지 않기를 바란다. 삶의 소중한 시간들을 우울에게 양보하지 않기를 바란다.

# 해소

**해** 해야 할 때 적절하게 하지 못하면

**소** 소가리(속앓이)하며 끙끙 앓게 됨


제주도에는 '엉또폭포'라는 곳이 있다. 제주도 말로 '엉'은 작은 동굴이란 뜻이고, '또'는 입구라는 뜻이다. '작은 동굴의 입구'라는 재밌는 이름의 폭포다.

엉또폭포는 1년 중 대부분의 모습이 절벽이다. 그것도 높이가 50m나 되는 깎아지른 절벽. 아마 누가 알려주지 않는다면 폭포라는 것을 알아보기 어려울 정도다. 장마철이나 한라산에 비가 아주 많이 내린 날에만 이 폭포는 이름값을 한다. 절벽 아래로 시원하게 물줄기를 쏟아내며 180도 달라진 모습으로 아름다운 광경을 보여준다.

폭포로 가던 길에 만난 제주도 할머님께서 "한라산에 물이 가득 차야만 폭포가 물을 뿜는다"라고 말씀해 주셨다. 높이가 1,950m나 되는 거대한 산에 물이 가득 차면, 더 이상 담지 못하는 물은 엉또폭포를 통해 배출된다. 말하자면 한라산의 '해소창구' 중 하나다.

수만 년을 살아온 속 깊은 산도 궂은비를 모두 담아내지 못하는데, 고작 수십 년 살아온 사람의 속이 오죽할까. 그 작은 속으로 삶의 궂은일들을 꾸역꾸역 담아내고 있으니, 어쩌면 마음에 병이 드는 것도 당연한 일이다.

내리는 비를 피할 수 없다고 해서 모두 담아내야 하는 것은 아니다. 한라산이 엉또폭포를 통해 물을 배출하듯, 마음의 평온을 유지하기 위해서는 '해소'가 필요하다. 다 담아내지 못할 것 같으면 반드시 해소해야 한다. 그것이 무엇이든 또 어떤 것이든, 혹시 조금 이기적인 방법일지라도, 당신의 행복을 위해서라면 담지 못할 감정은 흘려보내라. 혼자 속앓이하며 끙끙 앓지 말고.

# 고민

**고**    고민할 만한 것이 아님에도

**민**    민감하게 받아들이고 있는 경우가 많음

몸속의 지방 1kg을 없앨 때 84% 정도는 숨을 쉬며 이산화탄소로 배출되고, 나머지 16%만이 땀이나 소변으로 배출된다고 한다. 흔히 배설작용을 통해 지방이 빠진다고 생각하는데, 사실은 대부분 입을 통해 사라지고 있던 것. 화학적으로 따지면 고체가 기체로 변하는 승화작용에 가까우니, 알고 보면 '지방을 태운다'라는 말은 꽤 과학적인 표현이다.

지방과 고민은 세 가지 공통점이 있다. 첫 번째는 갖고 싶지 않아도 어쩔 수 없이 품고 살게 된다는 거고, 두 번째는 어설픈 마음으로 없애려 하면 오히려 더 늘어난다는 점이다. 마지막 세 번째는 한 번에 없앨 수 없다는 것. 지방도 고민도 한

번에 잘라내는 게 아니라 조금씩 베어내며 줄여가야 한다. 공통점이 많은 이 두 가지는 없애는 방법도 비슷하다. 지방을 태우기 위해 식단과 운동이 필요한 것처럼 고민을 없애기 위해서도 생각의 조절과 사고의 전환이 필요하다.

머릿속을 가득 채운 고민 때문에 끙끙 앓고 사는 당신을 위해 내가 아는 두 가지 방법을 공유한다. 이것만 잘 지켜도 고민을 짊어지고 사는 일은 없을 것이다. 식스팩이 선명한 근육질까지는 아니더라도 적당한 표준체중을 유지하며 살 수 있을 거라 확신한다.


첫 번째, 뇌에게 부정적인 생각을 먹이지 마라.

음료나 빵, 아이스크림 등에 들어있는 과당은 다이어트에 가장 큰 적이다. 달콤한 맛으로 우리를 유혹하는 이 물질은 지방세포의 크기를 키워서 몸을 뚱뚱하게 만든다고 한다. 그래서 다이어트를 결심했다면 반드시 과당부터 끊어야 한다. 그래야 효과적으로 지방을 줄일 수 있다.

부정적인 생각은 과당과 같다. '혹시'라는 가정으로 시작되는 일어나지 않을 상상들, 또는 사실 여부를 확인할 수 없는 의심들은 고민의 크기를 크게 만든다. 부정적인 상상이 더해지면 별것 아닌 일도 심각하고 커다란 고민이 된다. 그러므로 뇌에게 부정적인 생각을 먹이는 일은 반드시 멈춰야 한다. 그러지 않고 고민을 없애기 위해 애쓰는 건, 탄산음료를 마시며 런닝머신을 하는 것과 같다.

두 번째, 운동을 통해 '득근(근육을 얻다)'하듯, 생각을 통해 '득긍(긍정적인 생각을 얻다)'하라.

"가벼운 무게로만 운동하면 웨이트가 아니라 체조입니다." 몇 년 전, 살을 빼기 위해 PT를 받았다. 그런데 내가 매번 가벼운 덤벨을 들며 요령을 피우니, PT 강사가 경각심을 가지라며 해 준 말이다. 지방을 태우려면 근육을 키워야 하고, 그러기 위해서는 강도를 높여가며 웨이트 트레이닝을 해야 한다. 운동을 해보니 정말 맞는 말이었다. 가벼운 무게로 꾸준히 운동하는 것도 도움이 됐지만, 무게를 늘려가며 에너지를 쏟아내는 것이 결과적으로 더 큰 도움이 됐다.

지방을 없애기 위해 근육을 키워야 하는 것처럼, 고민을 없애기 위해서는 긍정적인 생각을 키워야 한다. 머릿속을 좋은 생각으로 가득 채워서 고민이 차지할 공간을 줄여가야 한다. 뇌의 에너지를 긍정 발전기를 돌리는 데 쏟으며, 좋은 생각의 크기와 개수를 늘려가야 한다.

"걱정의 40%는 현실로 일어나지 않는다.

걱정의 30%는 이미 일어난 일에 대한 것이다.

걱정의 22%는 사소한 고민이다.

걱정의 4%는 우리 힘으로 어쩔 수 없는 일이다.

걱정의 4%만이 우리가 바꿔놓을 수 있는 일이다."

캐나다 작가 어니 젤린스키의 이론에 따르면, 우리가 걱정하는 것 중 오직 4%만이 고민이라 부를 수 있다고 한다. 나머지 96%는 고민으로 삼을 만한 가치가 없는 일이다. 사실 우리가 고민이라고 생각하는 걱정들은 대부분 하찮은 것이다. 살아가는 데 큰 문제가 되지 않거나 대부분 실제로 일어나지 않는다. 그러니까 우리가 고민에 빠져 사는 이유는 고민하지 않아도 될 것까지 너무 많이 고민하기 때문이다.

생각에도 관성의 법칙이 존재한다. 고민거리를 생각하면 계속 고민거리가 떠오르고, 좋은 일을 생각하면 계속 좋은 것만 떠오른다. 머릿속을 어떤 것으로 채우며 살 것인가는 당신의 선택이다.

"당신은 고민을 해결하기 위해 사는가?
즐겁고 행복하기 위해 사는가?"

# 행복

**행**    행복이란 커다란 것 하나를 이뤄내는 게 아니라

**복**    복습 가능한 작은 것들을 삶에 흩뿌려 놓는 것


## 행복을 추구하는 방법

인생의 목적이 행복에 있다면
우리는 그것을 효과적이고 효율적으로 추구해야 한다.

효과적이란, 행복에 대한 기준을 낮춰서
작은 것에서도 행복을 느끼는 것이고
효율적이란, 새로운 행복을 만들기 위해 노력하기보다
이미 주어진 것에서 찾아내는 것이다.

행복이란

거창하고 대단한 것을 이뤄내는 게 아니라

쉽게 마주할 수 있는 것들을 삶에 흩뿌려 놓는 것.

그것을 자주, 그리고 곳곳에서 음미하며 기억에 채워가는 것.

## '행복하다'고 말하지 못하는 당신에게

배우 이준혁 씨가 〈유 퀴즈 온 더 블럭〉에 출연한 적이 있다. 영화 〈범죄도시3〉가 천만 관객을 기록했던 때였다. 여러 작품에서 꽤 비중 있는 역할을 연기했지만, 그가 주연을 맡은 작품이 이렇게 큰 흥행을 거둔 건 처음이었다. 한창 그 이야기가 오가던 중에 MC 유재석 씨가 질문을 했다.

"이준혁 씨 요즘 행복하시죠?"

"……"

그가 선뜻 대답하지 못했다.

이준혁 씨에게는 '행복하다'라는 말을 하면 불행해지는 징크스가 있다고, 그래서 마음 편히 행복했던 적이 없었다고 한다. 행복하다고 말하면 불행이 달려와 이 행복을 쫓아낼까 봐, 간혹 그렇게 말하고 싶었을 때도 꾹 참고 살았다고 한다. 그런 마음에 공감했는지 유재석 씨가 그를 위로했다. 지금처럼 행복할 때는 그렇게 말해도 된다며 다독였다. 그래도 그는 끝내 '행복'이란 말을 꺼내지 못했다. 어떤 마음이 들어서였는지 그의 눈시울이 붉어졌다. 방송을 보며 나도 눈물을 흘렸다. 나 또한 비슷한 이유로 행복하다는 말을 입에 담지 않는다. 나와 너무 다를 것 같은 사람에게서 나와 같은 마음을 보게 되니 안쓰러움이 더 컸다.

아이러니하게도 불안 속에서 살아온 사람이 안정된 상태를 견디지 못하는 경우가 많다. 자신도 모르게 불안이 너무 익숙해져서 안정이 낯선 것이다. 그런 사람들에게는 행복한 때가 불편하다. 아니 불안하다. 다른 사람의 행복이 목적지를 착각해 내게 온 것 같아서 마음껏 누리기가 조심스럽다. 그래서 행복하다고 말하지 못한다. 나의 경솔한 언행 때문에 행복이 목적지를 잘못 찾은 걸 깨닫게 될까 봐, 그래서 제자리를 찾아 날아가 버릴까 봐 두렵다. 잠시라도 더 곁에 두기 위해 보고도 못 본 척, 좋아도 아닌 척을 하게 된다.

대한민국 〈헌법〉에는 행복추구권이란 것이 있다. 전 세계 거의 모든 나라에서 시민사회의 바탕이 되는 권리다. 내 행복을 방해한다고 느끼는 것이 있다면 이 권리를 주장하며 고쳐 달라고 요구할 수 있다. 행복하고 싶다는 욕망을 표현하는 게 누구나 가능하도록 법으로 정해져 있는 것이다.

그러니까 행복해져도 된다. 행복할 땐 행복하다고 말해도 된다. 나도 잘 못하고 있는 일이라 글로 적는 모양이 조금 우습지만, 이 세상 사람 모두는 예외 없이 행복할 권리가 있다. 부모와 가족, 친구는 물론이고 국가와 사회도 당신이 행복해지길 바란다. 이제 당신만 당신의 행복을 바라면 된다.


행복은 유지하는 게 아니라 간직하는 것이다. 지금의 것을 붙잡기 위해 애쓸 게 아니라, 이 달콤한 행복을 동력으로 또 다른 행복을 찾아가는 것이다. 행복은 어떤 이유로든 반드시 끝난다. 시간이 그렇게 만들 수도 있고, 운이 없어서 그렇게 될 수도 있다. 중요한 것은 그것이 당신의 탓으로 끝난 것이 아니며, 인생의 유일한 행복이 아니라는 것이다.

불행이 삶의 시작과 끝을 잇는 실선이라면, 행복은 그 위를 덮고 있는 작은 점선들이다. 불행만 찾고 살면 인생의 어느 한 곳 불행하지 않은 때가 없고, 행복을 찾고 살면 불행을 발밑에 두고도 잘 느끼지 못한다. 작고 잦은 행복으로 불행을 덮어가며 사는 것이다.

지금 당신이 누리고 있는 행복은 우연히 얻어진 것이 아니다. 그동안 당신이 해왔던 노력에 아주 작은 행운이 더해진 결과물이다. 당신은 이것을 누릴 자격이 충분하다. 그리고 어떤 이유로 이 행복이 끝난다 해도, 반드시 또 다른 행복이 기다리고 있을 것이다. 그러니까 당신의 삶에 배정된 행복의 총량을 스스로 한정 지을 필요가 없다.

인생의 기본값은 불행을 피하는 게 아니라 행복을 추구하는 것에 맞춰져 있어야 한다. 당신의 귀한 시간과 에너지를 불행과 관련한 일에 낭비하지 않길 바란다. 단언컨대, 당신은 행복해도 되는 사람이다.

**행복의 평범성**

TV를 보다가
아이가 갑자기 기차를 타보고 싶다고 해서
무작정 제일 빨리 출발하는 표를 끊었다.
낯선 곳에 내려 시장 구경도 했다.

그날 밤 아이가 웃는 얼굴로 잠이 들었다.
계획적이지 않아도, 특별한 것이 아니어도,
충분히 행복할 수 있다.

# 불행

**불**  불행했던 과거를 감싸주는 것도
**행**  행복한 어른이 되기 위해 필요한 과정


불행은 행복보다 더 생생하게 느껴진다.
여기에는 두 가지 이유가 있다.


첫째, 불행은 밀도가 높다.
그래서 같은 질량의 행복과 불행이 있다면
불행이 훨씬 더 무겁게 느껴진다.
알고 보면 같은 무게임에도
자꾸 불행으로 마음이 기우는 건 밀도 차 때문이다.


둘째, 불행은 모서리가 많다.
매끄럽고 부드러운 모양의 행복과는 반대로

날카로운 모서리와 꼭짓점이 가득하다.
마치 깨진 유리컵의 파편처럼 말이다.
그래서 행복은 늘 스치듯 흘러가고
불행은 살에 박힌 것처럼 고통으로 머문다.

이렇게 오래도록 생생하게 기억되는 불행을
흘려보내는 방법이 있다.
각오와 시간이 필요하지만 반드시 성공하는 방법이다.

우선 불행을 품어야 한다.
따뜻한 마음으로, 그리고 의연한 태도로.
처음에는 효과가 없는 것 같지만
시간이 갈수록 느끼게 될 것이다.
나의 온기로 인해 점점 낮아지는 불행의 밀도를.

그리고 불행을 어루만져 줘야 한다.
애정이 가득 담긴 손길로
파도가 쓸어주는 자갈처럼 매끈해질 때까지.
날카로운 표면 때문에 또 상처를 입겠지만
그래도 내 손으로 직접 해 주어야 한다.

나의 불행은 내 손이 닿아야 다듬어진다.

평생 가슴에 상처로 남을 것 같던 불행은
그렇게 가볍고 동그래져서 삶의 저편으로 흘러간다.
그리고 그것을 해내며 당신은 조금 더 어른이 된다.

# 일탈

**일** 일시적으로 경로를 벗어났다고 해서

**탈** 탈락이라 할 만큼 잘못한 것은 아니야

'일탈'과 '탈선'은 모두 '본래의 노선에서 벗어남'이라는 의미가 있다. 하지만 '벗어남'이란 말의 상태에는 매우 큰 차이가 있다.

일탈은 한시적인 벗어남으로 제자리로 돌아오는 것을 전제로 하지만, 탈선은 본디 목적에서 부정적인 방향으로 아예 벗어난 것을 의미한다. 일탈이 인생의 경로를 우회하는 것이라면, 탈선은 나쁜 쪽으로 경로를 변경해 버린 것이다.

인생에서 일탈은 주로 실수나 우발적인 것들이다. 미숙해서 혹은 잘 몰라서 저지른 잘못, 순간의 욱하는 감정으로 뱉어 버린 말, 판단 착오로 인한 부끄러운 행동 같은 것들. 인생의 경로를 우회하게 만든 원인이지만, 그저 조금 돌아가게 됐을 뿐인 아무것도 아닌 일들이다.

작지만 좋은 습관들이 모여 성공을 만들지만, 작은 실수들은 아무리 모여도 실패를 만들지 못한다.

잠깐 좀 그랬어도 괜찮다. 그저 일탈의 추억일 뿐이니까. 결국 제자리를 찾을 테니까.

# 양심

**양** 양아치처럼 살지 않기 위한

**심** 심리적 마지노선

버스정류장 옆 쓰레기통 위에는 항상 테이크아웃 음료 컵이 수북이 쌓여있다. 이것은 쓰레기를 바르게 버린 걸까, 아니면 투기한 걸까?

엄격하게 말하자면 투기가 맞다. 모두가 알고 있듯이 바르게 버린다는 것은 '쓰레기를 통 안에 넣는 것'이다. 아무리 쓰레기통과 가까운 곳에 두었어도 통 안에 넣지 않은 건 투기로 봐야 한다. 그렇다면 그곳에 자신의 컵을 버렸던 사람들은 어떻게 생각할까? 아마 바르게 버렸다고 선뜻 대답하진 못할 것이다.

그럼에도 불구하고 사람들은 계속해서 그곳에 쓰레기를 버린다. 오늘 퇴근길에 당신도 그랬을지 모른다. 도대체 왜 그런 행동을 반복하는 것일까? 정답은 '다들 그렇게 하니까.' 남들도 그렇게 하니 마음 한편이 찜찜해도 나도 하나 더 얹어두는 것이다. 이렇게 주변 사람들의 행동을 따라 하거나 영향을 받게 되는 현상을 사회적 동조(Social Conformity)라고 한다. 흡연 구역이 아님에도 꽁초가 많이 떨어져 있는 곳에서 담배를 피우는 일, 불법 주차인 줄 알면서도 다른 차들이 주차되어 있으면 따라 세우는 일이 대표적이다.

남들과 다르게 행동하는 것을 좋아하지 않는 사회 분위기 때문인지, 우리는 다수에 속해 있을 때 안정을 느낀다. 나의 행동이 다수의 행동과 다르면 불안하고, 다른 사람의 행동이 내가 속한 무리와 다르면 거슬린다. 때로는 불합리하다는 걸 알면서도 문제를 제기하지 않는다. 관례, 관행이라는 이름으로 잘못을 모른 체한다. 늘 그렇게 해왔고, 여태껏 문제가 없었다는 이유에서다. 하지만 이런 것들은 결국 우리의 삶에 영향을 미친다. 그중 어떤 것은 아주 큰 폭풍이 되어 돌아오기도 한다.

음주운전으로 인한 사고 소식은 꽤 자주 접하게 되는 뉴스다. 얼마 전에도 한 아이가 너무 일찍 별이 되었고, 한 가정이 갑자기 가장을 잃었다. 우리 사회는 꽤 오랫동안, 그리고 아주 최근까지 음주운전에 너그러웠는데, 그 관대함 때문에 지금도 많은 사람이 생명을 잃고 있다. 곳곳에서, 꽤 자주, 심지어 당신의 주변에서도 일어나는 일이다.

우리 사회에서 일어나는 불법행위들을 두서없이 나열한 것은, '이 모든 것이 일어나지 않게 할 수 있는 힘'에 대해 이야기하고 싶었기 때문이다.

그 힘의 이름은 바로 '양심'이다. 다 그렇게 하고 있어도, 문제 될 것이 없어도, 안 걸리면 그만이라도, 그것이 잘못된 행동이라는 걸 잊지 않게 해 주는 양심이 있다. 그리고 조금 번거롭고 유난스러워 보일지 몰라도 양심을 지켜가는 것이 어른의 역할이다. 그것이 우리 사회를 법보다 더 든든하게 지켜주는 기반이 되기 때문이다. 이 이야기는 여기서 끝이다. 굳이 자세히 설명하지 않아도 어떻게 해야 하는지는 당신이 더 잘 알고 있을 테니까.

# 자존심

**자**    자기 자신을

**존**    존중하는 행동이라고

**심**    심각하게 착각하는 마음


자존심이란

자신이 소중하다는 걸 스스로 깨닫고 있으나,

그것을 남들도 알아주었으면 하는 마음이다.

그래서 자존심에는 타인의 평가가 굉장히 중요하다.


자존심은 대체로 분노를 동반한다.

타인으로부터 꺾이지 않기 위해

부딪히며 보여줘야 할 때가 많기 때문이다.


자존심에 관한 얘기 중 잘못된 표현이 있다.

그것은 '자존심도 없냐?'는 말이다.

타인에게 자존심을 내세우지 않는 건

자신을 위하는 마음이 없어서가 아니라,

남에게 그 마음을 내세울 필요가 없기 때문이다.

자신이 소중하다는 것을 알고 있다면

남이 그것을 알아주든 말든 상관이 없다.


자존심을 지키기 위해 너무 애쓰지 않아도 된다.

'자존심이 세다'는 건

꺾이지 않으려는 의지가 강하다는 말일뿐

당신이 얼마큼 소중한지와는 상관이 없다.

당신의 귀함은

당신이 스스로 알고 있는 것만으로도 충분하다.

# 욕심

**욕**   욕심인 줄 알면서도
**심**   심지어 욕먹을 줄 알면서도


욕심에는 세 가지 독성이 있다.
첫째, 눈을 가려 옳고 그름을 구별할 수 없게 하고
둘째, 귀를 닫아 바른 소리를 들을 수 없게 하며
셋째, 뇌를 속여 그럴 수밖에 없었다고 믿게 한다.

그래서 욕심인 줄 알면서도,
욕먹을 줄 알면서도 멈출 수가 없게 된다.

# 의욕

<u>의</u>  의지보다는
<u>욕</u>  욕심에 가까울 때가 많은


**너무 애쓰지 않아도, 그럴듯해 보이지 않아도**

김밥을 만들다가 옆구리가 터졌다.
단무지, 시금치, 달걀, 참치, 우엉, 햄 등등
재료를 이것저것 욱여넣다 보니 결국 그렇게 되었다.
한중간이 툭 터져 너덜너덜해진 모양이
요즘 내 처지를 보는 것 같아 마음이 쓰리다.

원하는 것을 다 담지도 못할,
사실은 담을 준비도 되지 않은 마음 그릇을 가지고
너무 많은 일을 낑낑거리며 붙잡고 있었다.

해결하지도, 놓아주지도 못하면서.


지난 시간을 돌이켜보면
감당할 수 없는 일에 빠져 허우적거리거나
흐르는 시간에 조급해져 종종거리기 일쑤였다.
성취감과 보람을 느끼며 사는 나는 어디에도 없다.


나는 그렇게 낑낑대며 만든 김밥을
음미하며 먹어본 적이 있는가?
없는 것 같다.
어쩌다 성한 김밥을 만들게 된 날에도
나는 김 속에 어우러진 재료의 풍미를 맛보지 못했다.
이쯤 되면 근본적인 질문이 필요하다.
'나는 맛있는 김밥을 만들기 위해
그 많은 재료를 포기하지 못했던 것인가?
아니면 엄청나게 많은 재료를 넣고도 터지지 않게
김밥을 말 수 있다는 걸 과시하고 싶었던 걸까?'


달걀과 햄만 넣고 다시 김밥을 말아 보았다.
맛있다.

남들 눈에 좋아 보이는 것이 아니라
내가 좋아하는 것만 넣었는데도 맛있다.
만들기 쉬우니 TV를 보며 먹을 여유도 생겼다.
문득 이런 생각이 든다.
그렇게 애쓰며 살지 않아도
그럴듯해 보이지 않아도 인생은 괜찮구나.


**여름을 닮은 당신에게**


당신과 처음 이야기를 나눴을 때
나는 당신이 여름을 닮았다고 생각했다.
공부하고 배우기를 좋아하고
뭐든지 잘하고 싶어 하는 열정적인 당신.
당신은 뜨거운 태양빛이 내리쬐는 한여름을 닮았다.


당신을 알아가면 알아갈수록 당신의 삶이 궁금하다.
무언가를 위해 노력하는 열정적인 당신이 아니라
웃고 떠들고 즐거워하는 일상의 당신을.
그게 궁금해진 이유는

때로는 당신이 마냥 웃고
마냥 즐거웠으면 하는 마음 때문이다.

당신의 뜨거운 열정이
당신을 하얗게 태워버릴까 봐 걱정되기도 하고
다른 사람과 멀어지는 원인이 될까 염려되기도 해서,
잘하고 뛰어난 당신이 행복하게 지내는지도 궁금해서
당신의 삶이 궁금해졌다.

여름을 닮은 당신이 가끔은 차갑게 식었으면 좋겠다.
하루 종일 비가 내리는 날처럼
뜨거운 열기가 모두 사라져 버린 날처럼
차갑게, 하지만 싱그럽게 식었으면 좋겠다.

그 모습이 게으르고, 어색하고, 낯설게 느껴져도
내내 뜨거운 것만이
삶에 최선을 다하는 것이 아니기에
결국 최선의 목적은
당신의 행복을 향해 있어야 하기에
당신이 때때로 마냥 웃고, 마냥 즐겁기를 바란다.

# 힘듦

**힘**    힘든 일은 잘 견뎌내고 나면

**듦**    듦(듬)직한 삶의 경험으로 남는다


시간이 흐른 뒤에 돌아보면

지금 일어난 일은 먼지처럼 작아진다.

어떤 일도 그렇게 된다.

그러니까 괜찮다.

어차피 시간은 흐르고 결국 다 지나간다.

그렇게 견뎌낸 시간은

단단하고 듬직한 경험이 되어 내 삶을 지탱해 준다.

# 성취

**성**  성취감이란

**취**  취(取:가지다)한 것에 취(醉:취하다)하는 마음


떨어지는 벚꽃잎을 잡으면 소원이 이뤄진다고 한다.
그래서 봄이 되면
사람들은 저마다의 이유로 꽃잎을 향해 손을 뻗는다.

떨어지는 꽃잎을 보고 있으면
쉽게 잡을 수 있을 것 같다.
작은 바람에도 무수히 흩날려 떨어지고
가벼운 무게 때문에 천천히 살랑거리며 내려오니까.
그런데 막상 잡으려고 하면 쉽지가 않다.
힘차게 뻗은 손은 허공을 가르기 일쑤고
두 손 모아 기다리면 매번 다른 곳으로 날아가 버린다.

별처럼 많은데, 한 잎 잡기가 어렵다.

인생에서 손에 쥐고 싶은 것들이 다 그러지 않을까.
수없이 많지만 내 것으로 정해진 것이 없고
쉬워 보이지만 어느 것 하나 만만한 게 없는.
무언가를 얻는다는 건 그렇게나 어려운 일이다.

사실 꽃잎을 잡았는지는 별로 중요하지 않다.
폴짝거리며 헛손질하는 모습을 부끄러워하지 않고
꽃잎을 향해 끊임없이 손을 뻗는 용기,
놓쳐버린 수많은 꽃잎을 아쉬워하기보다
내 손에 담긴 한 잎에 감사하는 마음.
그 소소한 '성취감'을 느끼는 일이 중요하다.
그것이 나의 능력으로 갖게 된 행복이다.

# 휴식

**휴**   '휴~으읍' 숨을 발끝까지 들이마시고
**식**   '시~이익' 남은 것이 없을 때까지 뱉어내고


'쉼'이란 본래 비워내는 것이다.

아무것도 하지 않고
묵은 근심과 피로를 비워내는 것.

때로는
즐거운 일로 그것을 상쇄시키는 것.

내일을 위해
마음의 저울을 다시 '0'으로 돌려놓는 것.

# 의심

**의**    의문스러운 점이 많은데
**심**    심증뿐이라 계속 관찰만 하는 상태


의심은 걷잡을 수 없이 빨리 자란다.
그리고 끝도 없이 커다랗게 자란다.

만약 누군가에게 의심이 들기 시작했다면
두 가지 선택지 중 하나를 골라야 한다.

의심하고 있는 일이 사실이라는 가정하에
용서할 수 있다면 의심을 멈춰야 하고,
용시힐 수 없다면 만남을 멈춰야 한다.

그것이 행복을 위한 길이다.

의심을 끊거나, 혹은 관계를 끊거나.

# 증오

**증**    증(정)말 싫어하는 사람을
**오**    오지게 미워하는 마음

세상에 미워할 만한 사람이 정말 많은 건지
아니면 사회에 찌든 내 눈이 점점 삐딱해지는 것인지,
사람을 거르는 기준은 인색해 보일 만큼 까다로워지고
관계에 대한 마음의 문은 점점 더 굳게 닫혀 간다.

평생 행복을 찾아 헤매는 인간의 뇌는
아이러니하게도 부정적인 것에 더 집중한다.
좋은 감정은 물에 새긴 듯이 쉽게 흘려보내고
나쁜 감정은 돌에 새긴 듯이 오래 기억한다.
이 모순적인 뇌 때문에 좋아하는 사람보다
미워하는 사람을 더 많이 생각하게 된다.

괜히 눈길이 가게 되고, 기억에서 꺼내보게 된다.
그렇게 두고두고 떠올리며 점점 더 미워한다.
미워하고 미워하다 결국 증오하게 된다.
미움은 시간과 에너지라는 삶의 자본이
과하게 낭비되는 일이다.
누군가를 미워하다 못해 증오하게 되면
정작 소중한 사람에게 쏟을 힘이 부족해진다.

미움과 증오가 잘못된 감정은 아니지만
너무 많은 자본을 투입하는 것은 옳지 못하다.
미워하는 감정은 순간적이어야 한다.
상시적으로 지속되는 감정이 아니라
마음속에서 일어났다 꺼지는 한순간의 이벤트,
'그때 그랬었지' 하고 기억될 정도의 추억으로.

# 소원

**소**　소중한 것을 지키고 싶기도
**원**　원하는 것을 얻고 싶기도


그 해의 첫 슈퍼문이 뜬 날이었다. 손에 닿을 듯 커다란 달, 그리고 어느 날보다 밝고 선명한 달빛 때문에 그게 슈퍼문이라는 걸 쉽게 알 수 있었다. 아이와 거실 창문 앞에 앉아 달을 구경하고 있는데, 아내가 다가와 물었다.

"해와 달 중에 어느 게 더 무거울까?"

"……"

아내의 갑작스러운 질문에 선뜻 대답이 나오지 않았다. 사실 머릿속에는 '정말 어떤 게 더 무거울까? 무게는 어떻게 재는 걸까?' 하는 생각이 가득해서 딩굴이리도 검색창을 열고 싶었다. 하지만 달빛을 조명 삼아 질문을 던진 아내에게 그런 이야기를 할 순 없었다. 나는 재빨리 분위기에 맞는 답을 찾아 대답했다. 연애 6년, 결혼 6년이라는 기간은 그런 능력을 갖추기에 충분한 시간이었다.

"달이 더 무겁지 않을까? 사람들이 달을 보며 소원을 빌잖아. 간절함이 담긴 소망의 무게는 절대 가볍지 않으니까. 달은 본래의 자기 무게에다 사람들이 보내온 소원의 무게를 더하고 있으니 얼마나 무겁겠어."

아내의 표정을 보니 내가 괜찮은 대답을 한 모양이다. 과학적인 정답은 아니지만, 달을 보며 감성에 빠진 아내에게 적절한 답을 한 것 같다.

가만 생각해 보니 달이 좀 벅차기도 하겠다. 무수한 인간들로부터 접수되는 지극히 개인적인 민원들. 건강과 행복과 돈과 같이 막연하고 이기적인, 때로는 간절하고 이타적인 소망들. 구구절절 사연들을 들어주느라 달이 참 애쓰고 있을 것 같다.

그래서 보름을 주기로 달의 모양이 변하나 보다. 사람들의 소원을 가득 담아낼 때는 보름달로 차오르다가, 그 무게가 벅차 비워냈을 때는 손톱달로 작아지기도 하고, 때때로 벗어나고 싶을 때는 그믐으로 사라지는 것이 아닐까.

어쩌면 달에 산다는 토끼가 하는 일은 쏟아지는 사람들의 소원을 분류하는 일일지도 모르겠다.

달이 진짜 사람들의 소원을 이뤄주는지는 알 수 없지만, 내 간절함이 담긴 이야기를 들어주는 존재라는 사실은 분명하기에, 나도 그날 밤 소원을 빌어 달의 무게를 더했다.

앞으로 삶의 하루하루가 어떤 날이 될지 모르지만
언제나 '그래도 좋은 날이었다'고
추억할 수 있게 해 주세요.
나도, 우리 가족도, 그리고 당신도.

# 추억

**추** 추억이란
**억** 억지로 만들어 낼 수 없는 인생의 하이라이트

크리스마스가 되면 나는 그날이 생각난다. 현관문이자 방문이었던 작은 문을 열면 담벼락이 코앞에 보였던, 단칸방 셋방살이 시절의 이야기다.

다섯 살 꼬마였던 나는 크리스마스를 앞둔 일주일을 정말 열심히 살았다. 혹시 산타 할아버지가 나를 나쁜 아이로 오해해서 선물을 안 주실까 봐. 심부름도 잘하고, 밥도 잘 먹고, 울지도 않았다. 그렇게 고대하던 24일 밤, 졸린 눈을 비벼가며 산타를 기다리는데 담배를 피우러 간다던 아버지가 어색하게 소리치셨다. "산타 할아버지가 다녀가셨네!"

방 문을 열고 있는 아버지의 어깨 너머로 담장 위에 놓인

선물이 보였다. 펑펑 내린 눈 때문에 포장지가 얼룩덜룩해졌지만, 내 눈에는 금은보화가 담겨있는 보물상자처럼 보였다. 그 당시 TV에서 광고가 나왔던 휴대용 게임기였다. 광고가 나올 때마다 율동을 따라 할 만큼 갖고 싶어 했던 기억이 난다. 너무 좋아 그 작은 방에서 방방 뛰고, 뱅글뱅글 돌고, 지난 일주일의 무용담을 늘어놓다가 게임기를 품에 안고 잠이 들었다. 그렇게 나도, 부모님도 행복한 밤을 보냈다. 수십 년이 지난 일인데도 그날이 생생하다. 가슴이 벅찼던 날, 마음이 따뜻했던 날이다.

나는 맞벌이를 하시는 부모님과 떨어져 꽤 오랫동안 할머니, 할아버지 댁에서 자랐다. 읍내에서도 한참 떨어진 시골 마을이었다. 시외전화 요금이 비싼 시절이라 부모님 목소리를 듣는 것도 사치를 부려야 할 수 있었다. 그래서 나는 늘 부모님이 그리웠다. 조부모의 헌신도 부모의 정은 채울 수 없었다. 그러다 다섯 살이 되면서 부모님과 살게 되었고, 그해 크리스마스에 게임기 선물을 받은 것이다. 평생 잊히지 않는 날로 남은 게 당연하다.

나의 성장기는 대체로 우울하다. 태풍 속 파도에 실린 듯

요동치던 가정 형편과 그럴 때마다 마주해야 했던, 날 선 부모님의 모습. 뉴스에 경제 위기라는 단어가 나올 때마다 나는 가정에서도 그것을 체감할 수 있었고, 안타깝게도 그 위기는 집안 분위기에도 영향을 주었다. 그래서 나는 별일이 없어도 늘 불안했고 마음 한편이 항상 어두웠다.

그럼에도 불구하고 내가 살아낼 수 있었던 것은 '그날의 기억' 덕분이다. 추억에는 그런 힘이 있다. 찬란했던 과거의 한 순간이 인생 전반을 비춰주는 빛이 되는 마법. 그래서 삶의 어두운 시기에도 내가 길을 잃지 않도록 지탱해 주는 선물. 억지로 연출할 순 없지만, 노력하면 만들어질 수도 있는 순간.

그러니까 소중한 사람이 있다면 추억을 만들어 주기 위해 노력해 보는 게 좋지 않을까. 그렇게 만들어진 추억이 그 사람의 인생을 지탱해 줄 버팀목이 될지도 모르니까. 다섯 살 아이가 받았던 산타클로스의 선물처럼.

## 고백

**고**    Go할 때는 진심을 다해

**백**    Back할 때는 미련을 남기지 않고

크리스마스는 참 이상한 날이다. 일 년에 한 번 내리는 폭우에 맞춰 활짝 피는 사막의 꽃처럼, 각박한 마음으로 한 해를 견딘 사람들의 가슴에 온갖 따뜻한 것들을 피워 낸다. 그 따뜻한 온기와 곳곳에 퍼지는 캐럴 소리 때문에 누군가의 흔하디흔한 고백은 티도 나지 않을 것 같은 날, 성탄의 분위기를 핑계 삼아 고이 간직해 두었던 마음을 전하고 싶다.

당신은 나를 계속 노력하게 만들어요.

당신이 날마다 더 완벽해지고 있기 때문에

나도 그에 맞는 사람이 되느라 쉴 틈이 없거든요.

그게 가끔 벅찰 때도 있지만

당신 덕분에 내가 더 좋은 사람이 되고 있네요.


신이 완벽한 인간을 만들기 위해 계속 노력 중이라면
아마 당신보다 더 완벽한 사람은 아직 없을 거예요.
그러니 당신만 알아챌 수 있는 작은 일로
자책하거나 위축되지 않았으면 좋겠어요.
나의 세상에서는 당신이 제일 잘하고 있거든요.


당신을 사랑하는 나의 마음이 헛되지 않도록
나를 사랑해 줘서 고마워요.
평생 당신의 뒷모습만 바라봐도 행복했겠지만
나란히 걸을 수 있어 외롭지 않게 되었네요.
이 동화 같은 날의 끝이 언제인지 알 수 없지만,
우리가 행복 속에 살고 있다는 사실을 음미하며
오랫동안 이어질 수 있도록 노력할게요.


우리 내일도 행복해요.
메리 크리스마스! 그대.

# 사랑

**사**　사랑의 구성 요소

**랑**　랑(냉)만 한 스푼, 애정 한 컵, 관심 한 그릇


사랑은 하는 사람도 받는 사람도 모두 대단하게 만든다.

서로에 대한 기대를 포기하지 않게 하고

서로의 관계에 신뢰가 존재한다고 믿게 하며

서로를 위해 기꺼이 노력하게 한다.

그래서 우리는 사랑에 빠진다.

세상을 아름답게 살아가기 위해서는 그것이 필요하니까

여러 대상과 여러 종류의 사랑에 빠진다.

사람은 평생 사랑을 찾고, 주고받으며

그렇게 사랑할수록 아름다워지며 살아간다.

2부

성장의 단어

어느새, 돌이켜보니, 나도 모르는 사이에 훌쩍

# 성장

**성**  성공으로 가기 위한

**장**  장기 프로젝트


**여전히 성장의 계단을 오르고 있는 당신에게**


오래 알고 지낸 청년이 있다.

봄날의 벚꽃같이 화려했던 나날부터

미숙해서 저질렀던 삶의 흑역사까지

인생이란 앨범의 추억들을 속속들이 알고 있는 사람.

가진 게 없어 초라할 때가 많았지만

이루고 싶은 꿈이 있어 좌절하지 않고 달려온

나의 아픈 손가락.


그리고 이제 친해져야 할 중년이 있다.

남들과 비슷한 삶을 살아온 특별할 것 없는 사람.
하지만 왠지 지금 모습이 최종 결말은 아닐 것 같은,
그래서 남은 인생에서는
드라마틱한 반전을 보여주었으면 하는 사람.
'One of them'으로 살아왔으나
'Special one'으로 거듭나길 기대하는 나의 희망.

이것은 청춘이었던 '청년의 나'와
인생 중반부에 들어서는 '중년의 나'에 대한 이야기다.
모든 게 처음이어서 매번 두려웠지만
꿈이 있었기에 용기를 냈던 지난날.
세상을 알아가며 겁은 더 많아졌지만
앞으로의 인생을 위해 안주하지 않으려는 지금.

삶의 경험치가 누적된 빅데이터는
'정착과 안정'을 최선의 값으로 추천하지만,
미래는 또 다른 장르의 인생이 될 거라 믿기에
결승점을 미루고 계속 달리기로 한 당신.
당신이 지금까지 인생에서 정점을 맞지 못한 이유는
아직 성장이 멈추지 않았기 때문이다.

영화 〈카사블랑카〉의 명대사

"당신의 눈동자에 건배(Here's looking at you)"

잉그리드 버그만의 앞날을 축복하는

험프리 보가트의 진심이 담긴 응원.

우리가 영화의 주인공은 아니지만

인생의 끝에서 돌아본 우리네 삶은

한 편의 영화가 되길 빌며.

세월을 탓하며 안주하지 않는 당신을 위해

여전히 성장의 계단을 오르고 있는 당신을 위해

당신의 앞날에 언제나 축복이 함께 하길.

*"Here's looking at you, kid."*

## 과정의 초라함을 견디는 마음

〈스토브리그〉, 〈천원짜리 변호사〉 등 유명한 작품에서 주연을 맡았던 배우 남궁민 씨가 신인 시절에는 감독님께 자주 혼이 났다고 한다. 그 시대의 촬영장 분위기가 험악한 것도 있었지만, 더 큰 원인은 연기 실력이 부족했기 때문이었다. 그도 그럴 것이 그는 기계공학과를 다니다 배우가 된 사람이다. 어릴 때부터 연기를 준비하거나 전공했던 사람들보다 경험과 실력이 부족할 수밖에 없었다. 어떤 날은 촬영기구가 바람에 넘어져도 그의 잘못이라며 욕을 먹었다고 한다. 보통 이런 이야기 뒤에는 '그런 일을 겪으며 내가 꼭 성공하고 말겠다는 마음으로 이를 악물게 됐습니다'라는 스토리가 이어지는데, 남궁민 씨는 조금 달랐다.

"그래도 집에 돌아오는 길에 행복했어요."

촬영장에서 매일 같이 혼나고 욕을 먹어도 그는 늘 행복했다고 한다. 심지어 '내가 오늘도 연기라는 걸 했구나!' 하고 생각하며 기쁜 마음이 들었다고 했다. 어떻게 그럴 수 있었을까? 모멸감을 느낄만한 대접을 받으면서도 그는 왜 그렇게 행복했을까?

아마 남궁민 씨는 연기를 진심으로 사랑하는 것 같다. 남들보다 늦게 시작한 만큼 더 깊고 열렬히 사랑하는 것 같다. 언젠가 술을 마시며 진솔한 대화를 나누는 TV 프로그램에서 그가 한 말이 있다. "연기를 못하는 사람이 아니라 연기를 우습게 아는 사람을 제일 싫어한다." 남궁민이라는 배우가 자기가 하고 있는 일을 얼마나 사랑하는지 알 수 있는 말이다.

그런 그에게 있어 가장 중요한 건 연기를 잘하는 모습이 아니었을까. 시작이 늦었기에 당연할 수밖에 없었던 부족한 연기력, 그리고 그걸 지적받는 순간의 부끄러움이 아니라 자기가 사랑하는 일을 멋지게 해내는 자신의 모습. 그래서 연기를 잘하기 위한 과정이 어떠해도 상관없었던 게 아닐까. 과정이 고될수록 대견하고, 초라할수록 스스로를 응원했을 테니.

목표를 이루고자 할 때, 내가 원하는 모습은 항상 미래에 있다. 그러니 현재가 초라하다고 해서 실망하거나 부끄러워할 이유가 없다. 과정은 평가대상이 아니라 격려와 응원의 대상이다.

나비가 되기 위해 애벌레와 번데기를 거쳐야 하듯, 원하는 모습이 되기 위해서는 초라한 과정도 겪어야 한다. 때때로 진흙탕을 굴러야 할 수도 있다. 목표가 아름답다고 해서 꼭 그 과정까지 우아할 필요는 없다. 남궁민 씨를 명품배우로 만든 것도 폼나는 역할이 아니라 연기를 잘하고 싶다는 열정과 노력이었다.

목표를 사랑하듯, 목표를 이룬 자신의 모습을 사랑하듯, 그 것을 향해 가는 과정 하나하나의 모습들도 사랑해 줬으면 좋 겠다. 그 또한 무엇과도 비교할 수 없는 아름다운 모습임이 틀림없다.

# 성인

**성**   성숙한 어른의 모습을 보여주고 싶은데
**인**   인간답게 살기에도 벅참


**어른이 되면**

어른이 되면 그럴 수 있을 줄 알았다.
마음이 힘들 땐 소주 한잔 마시며 털어내고
처음 겪어보는 일도 의연하게 해낼 줄 알았다.
어른이 되면 모르는 것도 없을 줄 알았다.
세상 돌아가는 일을 속속들이 알게 되고
살아가는 데 필요한 지혜가 자연히 쌓이는 줄 알았다.

하지만 아직도 나는
힘든 일이 있으면 잠을 못 이루며 끙끙 앓고

'처음'이란 단어는 여전히 긴장의 신호탄이며
세상일은커녕 내게 주어진 일도 다 알기가 버겁다.
어른이 되면 다 그럴 수 있을 줄 알았는데
사실은 그런 척 행동해야 하는 거였다.
힘들 때 응석 부리지 못하고
두려울 때 티 내지 못하고
모르는 걸 물어볼 곳도 마땅치 않아서 머뭇거린다.

그런데도 이렇게 매일을 살뜰히 살아내니
얼마나 기특한지.
꼭 잘해야만 어른인가.
잘 해내려고 애쓰는 게 어른이지.


**어른으로 살면 당황스러운 일이 많다**


학생은 어느 정도 예측 가능한 결과를 받는다.
학업에 충실하면 좋은 성적을 받고
솔선수범처럼 모범적인 일을 하면 칭찬을 받는다.

그런데 어른이 되어 사회에 나서면 그렇지 못한다.

누구보다 열심히 하고도

남보다 못한 평가를 받기도 하고,

솔선수범한 일이 괜한 설레발로 폄하되기로 한다.


권선징악, 사필귀정 같은 일은 잘 일어나지 않는다.

나쁜 짓을 하며 못되게 살아도

잘 살던 사람이 계속 잘 사는 경우가 많다.

그래서 손해를 보더라도 바르게 살려고 하는 사람이

현실감각 없는 이상주의자 취급을 받기도 한다.


나의 가치를 높이는 것보다

타인을 깎아내리는 게 출세의 지름길일 때가 많고,

도덕적인 판단보다 이익의 계산이 중요해진다.

'모두에게'보다

'나에게' 득이 되는 방식을 찾는 것이 핵심이다.

이렇게 어른으로 사는 건 당황스러울 때가 많다.

뭐가 잘히는 것인지 혼란스러워서

어떻게 해야 하는지 헷갈릴 때가 많다.

그럼에도 불구하고
어른으로서의 품위를 지키며 사는 사람들이 있다.
이득을 얻는 방법을 몰라서가 아니라
옳지 않은 방법으로는 무엇도 얻고 싶지 않은 사람들,
우리가 속한 사회의 품격을 높여주는
어른의 태도를 가진 사람들이다.
그나마 상식이 통하는 사회에 살 수 있는 것도
아직은 살만한 세상이라 느낄 수 있는 것도
모두 그들 덕분이다.

눈에 띄진 않지만
세상에 큰 영향을 미치고 있는 성숙한 사람들에게
앞으로도 그 선한 영향력이 멈추지 않기를 빌며
나의 소망과 바람이 담긴 짧은 문장을 전한다.

"부디 물들지 않기를, 그래도 행복하기를."

## 피곤한 어른으로 사는 방법

친하게 지내는 선배가 있다. 세련된 외모와 철저한 자기관리 덕분에 나이보다 한참 어려 보인다. 상냥하고 친절한 성격에 성실하고 똑똑하기까지 해서 일도 잘한다. 요즘 말로 '사기캐'다. 인생에 고민이 없을 만한 조건을 갖춘 이 선배는 의외로 어렵고 피곤하게 산다. 밝은 날보다 어둡게 지내는 날이 더 많다.

몇 년을 가깝게 지내다 보니 선배가 왜 그렇게 사는지 알 것도 같다. 그의 삶이 피곤해진 이유는 '의문'과 '판단' 때문이다. 선배는 일과 삶에 있어 늘 의문을 갖는다. '내가 잘 살고 있는 것이 맞는가?', '이 일이 옳은 방향으로 진행되고 있는가?'와 같은 질문들이다.

의문을 갖게 되면 자연스레 판단이 뒤따른다. '계속 이대로 갈 것인지' 또는 '지금이라도 계획을 수정할 것인지', 정답을 확신할 수 없는 선택의 연속이다. 그래서 그는 늘 고민이 많다. 사람들은 그를 보고 욕심과 생각이 너무 많다고 말한다. 대충 넘기는 법이 없어 질타를 받곤 한다.

의문을 갖지 않고 판단하려고 하지 않으면, 인생이 행복해질 수 있을까? 적어도 피곤하진 않을 것이다. 남들이 하던 대로, 시키는 대로 살아가면, 책임질 일도 없고 고민에 빠질 일도 없다. 하지만 잘 살았다고 생각되진 않을 것이다. 주체적으로 살지 못한 삶에 대한 후회와 타의에 의해 살아온 인생이 부끄러울지도 모른다.

고민에 싸여 어렵고 피곤하게 사는 게 남의 말대로 사는 일보다 훨씬 더 어른의 삶에 가깝다. 각자의 신념과 가치에 따라 생각하고 행동하는 게 어른의 삶이다. 설사 그것이 어렵고 피곤한 길이라도 말이다. 글을 쓰다 보니 이 글의 제목을 잘못 붙인 것 같다. 수정해야겠다. 이 글의 제목은 〈괜찮은 어른으로 사는 방법〉이다.

# 신념

**신**  신앙처럼 의지하며

**념**  념(염)원처럼 간절히 바라는 자신만의 믿음


신념은 이름이 많다.

신념의 첫 번째 이름은 '고집'이다.

옳지 못한 일에는

절대 굽히거나 타협하지 않는 고지식한 마음이다.


신념의 두 번째 이름은 '욕심'이다.

그만하면 되었노라고 주위에서 다독여도

네가 납득할 때까지 완벽해지려는 열정적인 마음이다.


신념의 세 번째 이름은 '미련'이다.

자신에게 이익이 되지 않는 일도
신념을 지키기 위해 우직하게 밀어붙이는 미련함이다.


신념의 마지막 이름은 '확신'이다.
다른 사람의 말이나 평가에 흔들리지 않고
내가 믿고 있는 것을 단단히 다져가는 굳건함이다.


당신이 남들보다 융통성 없이 고집스럽고
적당하게를 모르는 것처럼 욕심이 많으며
어리석게 느껴질 만큼 미련해 보인다면
그만큼 자신에 대한 확신이 있기 때문이다.


남들이 뭐라고 하든 나는 그런 당신을 응원한다.
그렇게 사는 게 '진짜 어른'이니까.

# 고집

**고**    고지식한 태도로 심통 부릴 때는 욕하는 말

**집**    집념의 다른 말일 때는 멋있는 말


자주 가던 중국집이 문을 닫았다.

중식 메뉴가 아니라 육개장을 제일 잘하던 집.

아니, 겨울 한정 메뉴였던 육개장만 맛있던 집.

그래서 겨울이면 짜장면이나 짬뽕보다

육개장을 먹는 사람들이 더 많았던 신기한 식당.


한 손님이 육개장 전문점을 해보라고 너스레를 떨었다.

농담으로 포장되었지만, 진심이 가득 담긴 말이었다.

사장님이 무표정한 얼굴로 짧게 답했다.

"나 중식 주방장 할 거야."

식당을 찾는 대부분의 손님이 육개장을 원하지만
사장님은 우직하게 짜장을 볶고 있는 집.
이익이 최우선인 상업 논리에는 불합격을 받겠지만
꿈을 좇는 한 사람의 인생에는 응원을 보내고 싶은 집.

폐업한 것인지, 다른 곳으로 이전한 것인지 몰라도
어디서든 사장님의 그 고집은 꺾이지 않길 바란다.

꿈을 이루기 위해 일하는
하고 싶은 일을 끝까지 놓지 않는
드라마 주인공 같은 사람을 현실에서 보는 일도
일종의 대리만족이자 큰 힐링이니까.

# 팔자

**팔**    팔지도 않고, 살 수도 없는
**자**    자기 인생의 시놉시스, 하지만 본인 의지로 얼마든지
      수정할 수 있는


'신이 내린 꿀 팔자', '눈물 자국 없는 말티즈'.

수많은 히트작을 만들어 낸 김은희 작가의 남편, 장항준 감독을 대표하는 수식어다. 그가 한 프로그램에 출연해서 '윤종신 임보(임시보호), 김은희 입양'이란 표현으로 자신을 소개하는 걸 보았다. 아마 장항준 감독은 주변 사람에게 의탁해 살아간다는 이미지가 싫지 않은 것 같다.

하지만 대중예술인으로 살고 싶은 개인의 꿈과 한 가정의 가장으로서 책임감 사이에서 왜 스트레스가 없었을까. 가족의 끼니를 걱정해야 할 만큼 어려운 상황에서 해맑기만 할 수

있는 사람은 없다. 내 생각에 장항준 감독은 어렵던 시절을 어둡게 추억하지 않을 뿐이다. 그리고 지금의 행복을 자기 혼자 이뤄낸 것처럼 말하지 않을 뿐이다. 실제로 그는 영화 데뷔작 〈라이터를 켜라〉를 흥행시켰고, 대한민국 법의학 드라마의 새 역사를 쓴 〈싸인〉을 성공시켰다. 굳이 각본, 각색에 참여한 작품까지 나열하지 않아도 성공한 영화인으로 평가되기에 충분한 필모그래피다.

그러므로 장항준 감독은 타고난 팔자가 좋아서, 주변 사람 덕으로 잘 사는 사람이 아니다. 오히려 고난과 역경에 잠식되지 않고 좌절의 순간들을 의연하게 넘겨온 사람, 겸손의 미덕과 현재의 행복을 누릴 줄 아는 지혜로운 어른일지도 모른다.

장항준 감독의 인상 깊은 인터뷰를 본 적이 있다. 한 유튜브 채널에서 진행자가 그에게 물었다.

"블록버스터급의 거액 투자와 높은 수익률이 보장된 영화지만, 마음에 들지 않는, 인성도 좋지 않은 배우들과 작품을 해야 한다면 감독을 맡겠습니까?" 그의 입에서 망설임 없이 "No"가 나왔다. 그리고 이렇게 덧붙였다.

"이 업계에서 일하며 다짐한 것이 있다. 악당들과 같은 지붕 아래에서 같은 공기를 마시고 싶지 않다. 그러지 않고도 이 일을 할 수 있다는 걸 내가 증명하겠다. 비록 그것이 소소할 지라도."

그가 일하고 있는 업계가 겉으로 보이는 것처럼 화려한 꽃 밭은 아님을 보여주는 대답이었다. 그리고 그 진흙탕 속에서 도 굽히지 않는 소신으로 자신이 원하는 일을 해내려는 의지가 담긴 대답이다.

허허실실하며 걱정 없이 사는 것 같지만, 알고 보면 자신만의 굳은 신념을 갖고 있는, 그리고 그것을 삶에서 실제로 실행하는 사람. 어쩌면 장항준 감독에게는 부러워할 것보다 배워야 할 것이 더 많은 건 아닐까.

# 미숙

**미** 미안해하거나 자책할 필요 없이

**숙** 숙제하듯 채워가며 성장해 가는 과정


소와 말은 태어난 후 몇 시간 또는 며칠 만에 걷는다.

강아지와 고양이도 마찬가지다.

몇 주가 지나면 뛰는 것도 가능하다.

대부분의 동물이 태어날 때부터 이빨이 있다.

또 스스로 어미의 젖을 찾아 먹는다.

가르쳐주지 않아도 본능적으로 그렇게 할 수 있다.


그러고 보면 포유류 중, 아니 동물 중에서

인간이 가장 미숙하게 태어나는지도 모르겠다.

몇 달을 품에 안아 젖을 물려야 하고

일 년은 안거나 업어 키워야 하며

배변도 가리지 못해 몇 년을 돌봐줘야 한다.

인간은 이렇게 태생적으로 미숙한 존재다.

그러니까 당신이 미숙한 것도 당연한 일이다.

스스로 먹고, 마시고, 잠드는 데도 한참이 필요했으니

이 복잡한 세상에 발맞춰 가는 일이야 오죽하겠는가.


미숙하고 부족한 조건을

부끄러워하거나 감추려고 할 필요가 없다.

당신만 그런 게 아니라

인간이란 존재가 원래 다 그렇다.

잘난 사람도 그중 잘난 것이고

뒤처진 사람도 그중 뒤처진 것이다.

알고 보면 인간은

특별할 것도, 유별난 것도 없는 존재다.


미숙하다는 걸 인정하면 성숙해지기 쉽다.

배움에 집중할 수 있고, 성장에 몰입할 수 있다.

'잘하는 것'도 중요하지만, '자라는 것'이 더 중요하다.

나아지고 있다면, 그러기 위해 노력하고 있다면

지금도 충분히 잘 살고 있는 것이다.

# 존재

**존**  존나 잘하지 않아도

**재**  재(제)일 잘하지 않아도 충분히 의미가 있어


태양처럼 거대하고 특별한 존재가 아니라도

헤아릴 수 없이 많은 밤하늘의 별 중 하나라도

당신이란 존재는 충분히 의미가 있다.

별의 크기나 밝기와는 상관없이

빛나기 위해 노력하는 것만으로도

아니, 그 자리에 있는 것만으로도 이미 충분하다.

# 선택

**선**　선택에서 가장 중요한 핵심은

**택**　택한 값의 결과가 아니라 그것을 선택한 이유다


인생은 B(birth)와 D(death) 사이의
C(choice)라는 말처럼 삶은 선택의 연속이다.
어떤 선택이든 내 인생이고 내 삶이기에
그에 따른 책임과 결과도 오롯이 나의 몫이다.
그래서 우리는 늘 선택의 순간이 두렵다.

사실 내 선택이 옳은 것이었는지 알 길은 없다.
평생 그것이 옳았는지 확인하지 못할 수도 있다.
다만, 이 선택이 다른 사람의 강요가 아니라
내 삶을 위해 내가 진짜 원하는 것이라고,
닐 암스트롱이 달에 남긴 인류의 발자국처럼

행복한 삶을 위해 내딛는 첫걸음이라 믿을 뿐이다.


나침반의 바늘을 보고 있자면 가여울 때가 있다.

북극과 남극의 정방향을 찾기 위해

작은 변화에도 사시나무 떨듯 떨리는 바늘.

하지만 우리는 그것을 믿는다.

어떤 변화에도 흔들림 없는 바늘이 아니라

쉴 새 없이 떠는 바늘이 가리키는 곳이 진실이니까.


선택의 순간마다 찾아오는 두려움과 떨림이

미숙함과 부족함 때문이 아니라

삶의 방향을 찾기 위한 노력 때문이라면

우리는 스스로를 기특해해야 하는 게 아닐까.

삶을 꽤 괜찮은 태도로 살고 있다는 증거일 테니까.

그러고 보니 불안하다는 건

잘 살고 있다는 뜻일지도 모르겠다.

# 오늘

**오**  '오늘부터!'라고 다짐하지만
**늘**  늘 '오늘까지만!'이라고 마무리되는 하루

나는 솔직히 네가 그렇게 소중한 줄은 잘 모르겠어.
매일, 매 순간을 같이 보내서 그런가?
아니면 내가 시큰둥하게 대해도
네가 늘 다시 돌아와 주기 때문일까?

사실 나도 알고 있어.
네가 영원히 돌아오는 것은 아니라는 걸.
그래서 너를 더 소중히 해야 한다는 걸.
오늘부터는 달라지겠다고 매일 다짐하는데
사람이 변한다는 게 쉽지가 않네.
행동은 늘 어제와 같으니 말이야.

푸념하다 보니 이제 또 헤어질 시간이 됐어.

잘 가! 오늘아, 내일 또 보자.

'오늘까지만' 너를 '오늘처럼' 대할게.


_어느 날 자정 무렵, 나의 오늘에게

# 미련

**미**   미적지근했던 행동 때문에
**련**   련(연)기된 성취에 대한 아쉬움


가슴속에 품고 사는 막연한 희망을 '꿈'이라 하고
그걸 이루기 위해 노력하면 '목표'라 부른다.
노력을 통해 목표를 이루면 '성공한 인생'이 되고
불운하게도 그렇지 못하다면 '인생의 경험'이 된다.
노력한 사람의 인생에 '실패'란 단어는 없다.

그럼에도 불구하고 실패라는 말을 쓰게 되는 것은
목표로 가는 과정에서 '미련'이 남았기 때문이다.
두려워시, 게을러서, 간절하지 못해서
어떤 이유로든 최선을 다하지 않았기에
우리는 실패라는 말을 쓰게 된다.

'그때 최선을 다했더라면'이라는 가정을 떨치지 못해서
아쉬움이란 미련이 남는다.
능력 부족이 아니라 노력 부족으로 인한 결과이며
모든 원인이 전부 자신으로부터 발생한 실패다.

미련을 남기는 것은 늘 결과가 아니라 과정이다.
성공에 닿든, 경험으로 남든,
가슴 한편에 미련을 쌓아놓고 싶지 않다면
후회 없이 노력해야 한다.
스스로에게 떳떳할 만큼, 스스로도 후련할 만큼.

# 겸손

**겸**　겸손의 진짜 의미는 타인으로부터 받은 인정을

**손**　손사래 치며 거부하는 것이 아니라 감사하며 기뻐하
　　는 것


'칭찬은 고래도 춤추게 한다.'
이 문장을 쓰다가 의문이 들었다.
고래는 왜 칭찬 좀 들었다고 춤까지 추는 것일까?

지구상에서 가장 거대하다는 이 포유류는
듣기 좋은 말 몇 마디에 채신머리없이 재롱을 부렸다.
춤을 추는 고래를 보니 칭찬을 한 사람이 즐거워졌다.
덕분에 칭찬한 사람과 칭찬받은 고래가 모두 행복하다.
혹시 고래가 춤을 춘 이유는 신이 나서가 아니라
자신의 가치를 알아봐 준 사람에 대한

감사 인사가 아니었을까?


'겸손!', 강조를 넘어 강요되고 있는 단어.
인정받는 자만이 살아남을 수 있다는 경쟁 사회에서
타인의 인정을 수용하지 않아야 하는 모순된 금기다.
"운이 좋았습니다.", "아직 멀었습니다."
노력, 성장, 성과의 가치를 깎아내리는 모범 답변들.
칭찬한 사람의 평가에
오류가 있는 것으로 간주하게 되는 말이다.


겸손은 타인에게 말로 표현하는 것이 아니라
자신에게 마음으로 다짐하는 것이다.
계속 성장하겠다는 의지와
현재에 안주하지 않겠다는 각오 같은 것들로.
그러니까 칭찬을 들었을 때 적합한 행동은
상대방의 인정을 거부하는 게 아니라,
나의 가치를 알아봐 준 혜안이
내게 얼마나 큰 기쁨이 되었는지
정직하게 표현하는 일이다.

# 특기

**특**  특별하지 않아도

**기**  기분 좋게 잘하는 정도면 충분한 능력

---

통계적으로 확인해 보진 않았지만, 한국 사람의 90%가 이 질문에 쉽게 대답하지 못할 거라 생각한다. 그것은 바로 "특기가 뭐예요?"라는 질문이다.

나는 이 질문에 뭐라고 대답해야 할지 몰라서 항상 말문이 막힌다. 잘한다고 생각하는 게 있긴 한데, 객관적으로도 잘하는 것인지 확신할 수 없고, 특기라고 내세울 만한 것인지조차 모르겠다. 선뜻 답하기가 어려워 갈팡질팡하다 "글쎄요. 딱히 없는 것 같네요"라고 대답해 버린다.

'암묵지'라는 말이 있다. 겉으로 드러나지 않는 지식. 경험을 통해 몸에 배어 있지만, 말이나 글로는 표현할 수 없는 지식이란 뜻이다. 대표적인 예가 자전거 타기다. 대부분의 사람들이 자전거를 탈 줄 알지만, 타는 방법을 설명할 수 있는 사람은 드물다. 기껏해야 '넘어지지 않게 페달을 계속 돌려' 정도일 거다. 암묵지는 드러나지 않고 설명하기 어려워서 다른 사람에게 내세우기 어려운 특기다.

사람들은 생각보다 많은 암묵지를 갖고 있다. 내가 어릴 때 살던 동네 오락실 사장님은 감각만으로 동전통에서 백 원짜리 열 개를 집어냈다. 라면을 팔아 자식을 대학에 보냈던 분식집 이모는 타이머가 없어도 정확히 3분을 맞출 수 있었다. 글이나 말로는 전수할 수 없는 그들만의 암묵지다. 생업에 최선을 다하며 자연스럽게 익혀온 '생활의 달인들'의 특기는 대수롭지 않은 것 같지만 한 사람의 인생을 보여주는 특별한 재주다.


특기라는 건 남에게 보이기 위한 자랑거리가 아니다. 내가 속한 분야에서 혹은 잘하고 싶은 일에서 열심히 배우고 성장했다면, 그리고 그 수준이 스스로 만족스럽다면 특기가 될 조건으로 충분하다. 다른 사람보다 뛰어나야 할 이유도, 누군가에게 내세울 만한 고급기술일 필요도 없다.

그게 무엇이든 자신이 가진 암묵지를 자랑스러워했으면 좋겠다. 내 삶의 시간과 노력이 만들어 준 인생의 자산을 스스로 대견해했으면 좋겠다. 그래서 "특기가 뭐예요?"라는 질문을 받으면, 그 암묵지를 위해 지금까지 얼마나 노력했고, 얼마큼 잘하고 있으며, 앞으로 얼마나 더 성장할 수 있을지에 대해 신나게 말할 수 있으면 좋겠다.

## 실패

**실**　실수가 두려워서 아무것도 시도하지 않는 것이

**패**　패배자가 되는 사람의 습관


만개하여 주목받는 꽃이 되고 싶다면
당신은 모진 비바람도 견뎌야 한다.
실패가 두려워서 아무것도 시도하지 않는다면
상처가 없지만, 향기도 없는 꽃이 된다.


어른의 인생에서는 넘어지지 않는 법보다
딛고 일어서는 법이 필요할 때가 더 많다.
성장이란 지키는 것이 아니라 얻어가는 것이기에
당신이 두려워해야 할 것은
넘어지는 것이 아니라 다시 일어나지 않는 것이다.

당신은 절대 실패하지 않을 것이다.

넘어지는 걸 두려워하지 않는 용기가 있다면,

그리고 다시 일어설 의지가 있다면.

# 좌절

**좌**    좌절은 다시 달리기 위해 잠시 주저앉은 것일 뿐
**절**    절망해서 포기하고 쓰러진 것이 아니다

**너무 많은 일에 좌절하는 당신에게**

인생에는 고난과 역경이 왜 그렇게 많은 걸까. 안 그래도 갈 길이 바쁜데, 예상하지 못한 곳에서 그런 것들을 만나면 마음이 조급해진다. 때로는 '내가 힘들게 살 팔자인가?' 하는 생각이 들어서 의지가 꺾인다. 그럴 땐 사나운 팔자 탓을 하며 주저앉기도 한다. 지금도 사는 게 벅찬데, 삶의 난이도가 점점 더 어려워지는 것 같다.

우리는 상당히 구체적으로 예상되는 삶을 산다. 안정적인 생활을 위해 스스로 루틴을 만들기도 하지만, 사회가 어른에

게 주는 자율성이 생각보다 많지 않기 때문이다. 계획한 시간에 눈을 뜨고, 익숙한 시간에 대중교통에 오르며, 늘 같은 시간에 출퇴근하는, 반복되고 예상되는 삶. 그래서 예상하지 못한 일로 계획이 틀어지면, 불운이 찾아왔다고 생각한다. 하지만 우리가 사는 세상에는 크고 작은 변수가 빈번하게 발생한다. 장소와 시간은 물론이고 대상도 가리지 않는다. '엔트로피 증가 법칙'에 따르면 우주도 무질서한 정도가 계속 증가한다고 하던데, 하물며 한 사람의 인생이 들쑥날쑥하는 게 오죽심할까. 그러므로 장애물을 자주 만난다고 좌절할 필요가 없다. 계획대로 되지 않는다고 조급해할 필요가 없다. 그것 중 대부분이 나에게만 일어나는 특별한 불운이 아니다.

인생에 있어 '노력과 성장', '고난과 역경'은 마치 씨줄과 날줄처럼 얽히고설킨다. 어떤 목표를 가지고 노력과 성장이라는 씨줄을 놓으면, 고난과 역경이 슬그머니 날줄로 엮어진다. 인생의 장애물 같은 이 날줄은 사실 더 견고하고 탄탄한 인생을 만드는 중요한 고리가 된다. 마치 가느다란 실이 촘촘히 엮여서 매서운 바람을 견디는 외투가 되는 것처럼.

그러니까 사실 고난과 역경은 일일이 대응하고 이겨낼 것이 아니라, 자연스레 맞이하고 또 그렇게 지나가도록 흘려보낼

113

일이다. 먼 훗날 돌이켜보면 삶을 더 단단하게 만들어 준 시점, 온실 속의 화초를 꿈꾸던 나를 들판에 우뚝 선 상록수로 성장시킨 과정이 될 것이다. 그러니 부디, 너무 많은 일에 좌절하지 않길 바란다. 좌절이 습관이 되지 않길 바란다.

### '비 맞는 법'을 배워야 하는 이유

비가 오는 날이면 나는 가끔 아이와 비를 맞으러 나간다. 우산 대신 우비를 입고 한참을 놀다 들어온다. 그리고 집에 와서 따뜻한 물로 목욕을 한 후에 국수를 끓여 먹는다. 그런 날은 침대가 유독 포근하게 느껴져서 깊은 잠을 자게 된다.

이런 행동을 하는 이유는 아이에게 '비 맞는 법'을 알려주고 싶어서다. 비를 피하고 막는 법보다 맞는 방법을 알려주고 싶어서 그렇게 한다. 비 때문에 놀이터에서 미끄럼틀을 탈 수 없어도, 운동장에서 공을 차며 뛰어놀 수 없어도, 즐거운 일이 있다는 걸 알려주려고 그런다.

아이가 살아가면서 궂은날도 만나게 될 텐데, 힘들고 어려운 시기가 닥쳤을 때 이런 추억을 떠올렸으면 좋겠다. '피할

수 없으면 즐겨라'라는 진부한 격언처럼 궂은날에도 행복할
수 있다는 걸 기억했으면 좋겠다.

비가 오는 날처럼 인생에도 궂은날이 찾아온다. 어떤 날은
소나기처럼 짧게 지나가지만, 어떤 날은 장마처럼 지루하게
머문다. 하지만 그런 때에도 행복은 늘 곁에 있다. 하던 것을
할 수 없게 되어도, 하고 싶은 걸 못 하게 되어도, 행복이 사
라지는 건 아니다. 행복은 늘 손에 쥘 수 있는 곳, 손끝과 발
끝에 있다. 잡으려고 마음먹으면 언제든 잡을 수 있다.

# 끈기

**끈** 끈(끊)임없이 노력하며
**기** 기회를 기다리는 마음


인간은 말이나 치타처럼 네 발로 걷는 동물과 비교했을 때 2~5배 정도 땀을 잘 배출한다. 이 능력 덕분에 달리기라는 격한 활동 중에도 체온을 잘 조절할 수 있게 되었고, 그로 인해 '지구력'이라는 무기를 갖게 되었다. 치타보다 빨리 달릴 수 없고 말보다 더 큰 힘을 낼 순 없지만, 어떤 동물보다 오래 달릴 수 있게 된 것이다. 그래서 인간은 덫을 만들거나 집단사냥을 시작하기 전에도 포식자에 속했다고 한다. 사냥감을 압도할 만큼 강력한 힘은 없지만, 사냥감이 지칠 때까지 쫓아가 잡는 것이 가능했기 때문이다. 인간은 그렇게 지구력이란 끈기를 무기로 생존해 왔다.

끈기란 생존을 좌우할 만큼 대단한 능력이다. 그걸 발휘할 수 있게 해 주는 원동력이 바로 땀이다. 오늘 흘린 땀이 내일을 달리게 하는 동력이 되고, 그렇게 매일을 꾸준히 달리다 보면 결국 원하는 곳에 닿게 된다. 인간은 그렇게 견뎌내고, 성장하며, 결국 이뤄낸다. 끈기라는 단단한 마음을 무기 삼아 이 지루하고 막막한 과정을 덤덤히 겪어낸다.

당신이 포기하지만 않는다면 당신이 흘린 땀은 절대 헛되지 않을 것이다. 끈기로 이어가는 시간도 절대 무의미하지 않을 것이다. 그리고 당신은 결국 원하는 곳에 닿을 것이다. 누구보다 끈질긴 당신은 절대 포기하지 않을 테니까, 꼭 그렇게 될 것이다.

## 고단

고 고생 끝에 누리는
단 단맛을 위한 과정

궂은날을 보내고 나서야 볼 수 있는 것들이 있다.
고된 시간을 견디고 나서야 느낄 수 있는 것들이 있다.

성장을 경험해 본 사람에게 고생이란
말로 표현할 수 없을 만큼 벅찬 감정들을 느끼기 위한
준비과정일 뿐이다.

그렇게 진심을 다해 공들이고 견뎌낸 시간은
고통조차 추억으로 남는다.

## 꾸준함

**꾸**    꾸역꾸역이라도 반드시 해내는 근성

**준**    준비운동조차 게을리하지 않는 성실함

**함**    함부로 평가돼서는 안 될 대단한 능력

누군가를 대단하다고 생각하게 되는 포인트가 있다. 마음을 울리는 글을 쓴다거나 기타 연주를 멋지게 하는 것과 같은 능력. 하지만 그중 제일 부럽고 탐나는 능력은 역시 '꾸준함'이다.

미국이 낳은 위대한 소설가 스티븐 킹이 남긴 유명한 말이 있다. "뮤즈(영감)가 찾아오길 기다리지 말고 뮤즈(영감)에게 언제 오면 좋을지 알려줘라." 영감은 갑자기 떠오르는 것이 아니라 꾸준한 노력으로 찾아내야 한다는 뜻이다. 타고난 천재성으로 성공한 줄만 알았던 작가가 사실은 매일, 규칙적으로 글을 쓰는 노력을 통해 좋은 작품을 만들었던 것이다.

몇 년 전, 앤젤라 더크워스Angela Duckworth라는 심리학자가
제안한 용어가 있다. '그릿(Grit)', 한국말로 표현하면 '근성'이
가장 가까울 것 같다. 다양한 분야에서 높은 성과를 달성한
사람들을 연구해 보니, 목표를 이루기 위한 가장 중요한 요소
는 의지와 끈기였다. 천재성보다 꾸준함이 더 중요한 능력이
라는 뜻이다. 앤젤라 더크워스는 이것에 그릿이란 이름을 붙
여주었다.

과거에는 인재는 타고난다고 생각했다. 천재가 하늘이 내
린 재능이란 뜻인 것만 봐도 그렇다. 노력으로 이룬 성취를
기특하게 여기긴 했지만 특별하게 대접하진 않았던 때, 선천
적으로 타고난 것이 후천적으로 이룬 것보다 우월하게 평가
받던 시절이었다.

그릿이란 용어의 등장은 노력의 가치를 급격하게 상승시켜
주었다. 공짜로 부여받은 천재의 재능이 아니라, 꾸준함으로
성취한 보통 사람의 노력을 존경의 대상으로 만들어 주었다.
누구나 가질 수 있지만 아무나 갖지 못하는 능력, '꾸준함'은
그 정도의 품격을 가지고 있다.

성공은 성장의 끝에 온다. 그리고 그 성장은 꾸준한 노력

이 만든다. 노력하지 않으면 성장할 수 없고, 성장하지 못하면 성공할 수 없다. 성공하고 싶다면 자신을 성장시키기 위한 일을 매일, 반복해서, 성실하게 해내야 한다. 그것이 성공으로 가는 첫 계단을 오르는 일이다. 혹시 이미 그렇게 하고 있다면 기대해도 좋다. 꾸준함이라는 능력을 발휘했던 시간이 당신이 꿈꿔왔던 걸 현실로 만들어 줄 것이다. 그러니까 불안해하지 말고 마음껏 노력해라. 분명히 이뤄질 것이다.

## 실망

**실**　실패한 것도 아니고
**망**　망쳐버린 것도 아니야, 괜찮아


성장하지 못했다고 해서 실망하지 않았으면 좋겠다.
성장은 대체로 기대하는 시점에 찾아오지 않는다.
온 힘을 다해 노력해도
항상 보일 듯, 말 듯한 저 멀리 어디쯤에서
우리를 기다린다.
계속하기에는 지치고
포기하기에는 아까운, 딱 그 정도 거리다.
그래서 우리는 성장의 희열보다
정체로 인한 낙담에 익숙해져야 한다.


하지만 활짝 핀 장미도 그 이름이 장미이고

피기 전의 봉오리도 그 이름이 장미이듯,

원하는 모습으로 성장한 당신도

그렇게 되기 위해 노력하는 당신도

모두 똑같이 훌륭한 당신이다.

성장하지 못했다고 해서

당신의 가치가 변하는 것은 아니다.

남들보다 긴 하루를 보내는 부지런함과

어른이 되어서도 배움을 놓지 않는 열정.

이런 노력들이 당신이 성공하게 된 과정을 설명할

탄탄한 스토리가 되어 줄 것이다.

지금 성장하지 못했다는 것은

그 스토리가 조금 길어지게 되었다는 것에 불과하다.

'노력은 배신하지 않는다'라는 흔한 진리가

반드시 당신의 삶에서도 증명될 것이다.

# 소생

**소**     소진되어 소멸할 것만 같던 삶에

**생**     생기를 다시 불어넣는 당신의 의지

 

'머피의 법칙'이라는 것이 있다. 갈수록 일이 꼬여서 되는 일이 하나도 없을 때 쓰는 말이다. 인생을 살다 보면 이런 상황을 자주 겪게 된다. 신기하게도 힘들고 어려운 일은 꼭 한꺼번에 닥친다. 오죽하면 '불행은 어깨동무하고 찾아온다'는 말이 있을까. 그렇게 몰려오는 불행을 겪을 때마다 인생이 회복할 수 없을 만큼 망가지는 것처럼 느껴진다.

하지만 시간이 흐른 뒤에 돌이켜보면, 사실은 그것들이 작은 장애물이었다는 걸 깨닫게 될 때가 많다. 실제로 나를 좌절시켰던 건, 불행의 크기가 아니라 내 마음이었다. 그래서 불행이 닥치면 그것을 해결하려는 노력만큼 마음도 잘 돌봐주어야 한다. 그래야 과도하지 않게 불행할 수 있고 삶을 회복할 수 있다.

이때 가장 중요한 것은 자신의 힘으로 통제 가능한 것과 그렇지 못한 것을 구분하는 것이다. 그리고 나의 노력으로 바꿀 수 없는 것은 과감히 포기해야 한다. 그 에너지를 쏟아야 할 곳은 따로 있다.

자신의 힘으로 통제할 수 있는 것에는 온 힘을 쏟아야 한다. 규칙적으로 자고 일어나는 일부터 운동과 식사로 건강을 관리하고, 삶을 더 나아지게 만들기 위한 성장의 영역까지. 내가 할 수 있는 일에는 최선을 다해야 한다. 그리고 그 과정에서 자신을 부지런히 칭찬해야 한다. 민망할 만큼 작은 성취였어도 상관없다. 크게 칭찬할수록 좋다. 첩첩산중 같은 상황을 이겨내고 있는 자신에게 에너지를 주는 것이다. 이 시련이 끝날 때까지 계속 그렇게 다독이고 격려해야 한다.

소생이란 '죽어가다 다시 살아남'이란 뜻이다. 파도처럼 연이어 밀려오는 불행을 만나더라도, 다시 일어나려는 의지만 있다면 얼마든지 소생할 수 있다. 매년 겨우내 죽은 듯 움츠렸다가, 봄이 되면 다시 본연의 아름다움을 틔우는 꽃나무처럼. 얼마든지, 몇 번이고 반드시 소생할 수 있다. 그때마다 더 단단해진 가지에서, 더 화려하고 아름다운 꽃을 피우게 될 것이다.

다만, 당신이 다시 일어서려는 의지를 잃지 않는다면.

# 30대

**30**  30대의 나는 많이 달라졌을 거라 기대하지만
**대**  대학생 때와 큰 차이가 없는 것이 다반사

어릴 때는, 아니 20대 초반까지도 30대가 되면 조금은 대단해질 거라는 기대를 한다. 경제적으로도, 인격적으로도 꽤 어른스러워질 거라는 막연한 기대. 하지만 막상 서른이 되어도 통장은 여전히 가볍고, 마음은 미숙하며, 미래는 불안하다. 남들은 제법 잘 살고 있는데 나만 뒤처지는 것 같다. '평범한 삶'이란 말이 얼마나 어려운 것인지 새삼 실감난다.

인생이 불행하다고 느끼는 가장 큰 이유는 맞출 수 없는 기준에 자신을 맞추려 하기 때문이다. 학력, 취업, 결혼, 연봉과 같은 것들에 대한 사회적 기준은 세상 사람들의 평균일 뿐, 나의 행복과는 무관하다. 하지만 사람들은 이 평균에 자신의

삶을 비교하며 불행을 느낀다. 내가 사회적 기준에 도달했는지, 그것을 적정한 나이에 완료했는지 맞춰보면서 말이다. 태어날 때부터 주어진 조건도, 살아가는 환경도 모두 다른 사람들이 똑같은 기준에 맞춰 자신의 삶을 평가하고 있다.

지구에는 인구수만큼 다양한 인생이 있다. 이 중 어떤 것도 당신의 인생과 우열을 가릴 수 없다. 모든 사람이 상대적으로 비교할 수 없는 삶을 살고 있으므로 나보다 낫거나 모자란 인생은 없다. 인생이란 개인의 가치에 따라, 각자가 정한 목표를 향해, 자신만의 방향으로 나아가는 것이다. 그러니까 '잘 살고 있다'라는 말의 정의는 '나는 사회적 평균 이상이다'가 아니라 '현재의 삶이 내가 생각하는 행복에 부합한다'가 되어야 한다.

어떤 사람도 똑같은 환경에서 당신만큼 잘할 수는 없다. 살아오는 동안 수많은 고난과 유혹이 있었음에도 불구하고 지금만큼 살아온 시간이 그걸 증명한다. 당신이 지구상에서 가장 성공한 인생이라 말할 순 없지만, 당신에게 주어진 환경에서 가장 잘 살아온 사람임은 확실하다. 그러니 부디 세상의 기준으로 자신의 행복을 평가하지 않길 바란다.

# 지금

**지** 지나고 나서야

**금** '금'처럼 귀했다는 걸 깨닫게 되는 순간


대학교 3학년의 마지막 수업 날, 교수님이 학생들에게 물었다. "앞으로 계획이 뭔가요?"라는 공통 질문이었다. 대부분 비슷한 대답을 했다. '언제부터 무엇을 하겠다'라는 구조의 문장이었다. 나는 휴학을 해서 영어 공부와 자격증 취득에 집중하겠다고 했었다. 그때는 그게 유행이었다. 모든 학생의 대답을 듣고 나서 교수님이 담아두었던 말을 꺼냈다. 정확하게 기억나지 않지만 대략 이런 내용이었다.

"여러분은 미래에 대해 구체적인 계획을 갖고 있군요. 아주 건실적이고 미래지향적인 모습입니다. 하지만 모든 사람의 답변에서 빠진 것이 있습니다. 그것은 바로 '오늘'입니다. 어느 학생도 오늘부터 무엇을 하겠다거나, 지금 무엇을 하고 있다

고 대답하지 않았습니다. 여러분의 시간은 현재입니다. 계획
도 좋지만, 현재에 충실하기를 바랍니다. '다음 주부터 공부
열심히 할 거니까, 그전에 신나게 놀아야지!'라는 생각으로 잡
았던 술 약속을 취소하시고, 오늘부터 하십시오. 여러분을 바
꿀 수 있는 시간은 지금입니다."

이 이야기를 듣고 내가 어떻게 했을까? 당장 무언가를 시
작했다면 좋았겠지만, 나는 그날 저녁에도 약속했던 술자리
에 나갔다. 거기에서 교수님이 하신 말씀을 신나게 떠들었다.
마치 내가 한 말인 것처럼 일장 연설을 늘어놓으면서.

교수님의 감동적인 조언이 그날부터 나의 행동을 바꿔놓진
못했지만, '나중에 해야지'라는 생각으로 게으름을 피울 때마
다 왠지 모르게 교수님의 말이 생각났다. 그래서 당장은 아니
라도 최대한 가까운 날짜에 시작하게 됐다. 그것이 내 인생을
성공으로 이끌었는지는 알 수 없지만, 금 같은 시간을 덜 낭
비하게 해 준 것은 확실하다. 혹시 당신도 미래를 계획하기에
만 열심이라면, 이 문장을 선물해 주고 싶다. 가끔 떠올리는
것만으로도 당신의 시간을 지켜줄 것이다.

"나를 바꿀 수 있는 시간은 언제나 '지금'이다.
언제부터 할지 따지지 말고 지금부터 시작해라!"

3부


관계의  단어

나에게 상처를 주기도, 나를 치유하기도 하는

# 관계

**관**    관리할 것이 아닌데…
**계**    계산할 것이 아닌데…


**관계에도 가격이 있었으면 좋겠다**

마음을 과소비했을 때가
돈을 과소비했을 때보다 상실감이 더 크다.
마음을 잃는 것이
돈을 잃는 것보다 회복하기가 어렵기 때문이다.

그래서 관계에도 가격이 있었으면 좋겠다.
"우리의 관계는 ㅁㅁㅁ인 것 같아,
그러니까 너의 마음은 ○○○만큼만 주면 돼."
이렇게 관계의 종류를 정하고

그에 맞는 값을 알려줄 수 있다면,
서로에게 기대하는 마음의 크기를 가늠할 수 있다면
관계로 인해 상처받는 일은 없을 것 같다.

관계에서 상처받는 사람은
언제나 마음을 더 많이 지불한 사람이다.
나는 깊은 관계를 원해 모든 마음을 주었지만
정작 상대는 나를 보통의 흔한 관계로 여겼을 때,
남김없이 주었던 마음은
돌아오는 것 없이 허무하게 사라지고
상실감과 배신감이라는 쓰린 상처를 입게 된다.

그래서 관계에도 가격이 있었으면 좋겠다.
조금 계산적이고 냉정하게 보일지라도,
그렇게 해서라도 상처받고 싶지 않다.


**관계에 상처받은 사람을 위한 처방전**


• 진단명 : 마음의 상처

- 처방약 : 관계에 대한 현실 조언 세 가지
- 복용법 : 마음이 아플 때마다 읽어주세요

첫 번째 처방, 마음은 내가 준 만큼 돌려받을 수 없음을 인정하기.

애석하게도 관계에서는 공정한 거래가 이뤄지지 않는다. 헌신이 반드시 헌신으로 돌아오지 않고, 양보가 반드시 양보로 돌아오지 않는다. 가벼운 감사 인사로 만족해야 할 때도 있고, 아무것도 돌려받지 못할 때도 있다. 내가 준 마음만큼 상대에게 기대했다면 당신이 너무 순진했거나 이상적이었던 거다. '많이 잘해주고 싶었던 것'이 당신의 마음이라면, '적당히 잘해주고 싶었던 것'이 상대방의 마음이다. 잔인하지만 그것을 인정해야 한다.

두 번째 처방, 일방적인 관계라면 과감히 끊어버리기.

마음을 준다는 것은 관심과 시간이라는 자본이 투입되는 일이다. 관심을 갖게 되면 머릿속의 상당 부분을 그 사람에게 내주어야 하고, 삶의 시간도 그것에 비례해서 소비하게 된다. 인간의 삶이 유한하다는 걸 고려했을 때, 마음을 준다는 것은 매우 귀한 자본을 투자하는 일이다. 조금 과장해서 표현하면 삶의 일부를 내어주는 것과 같다. 그래서 사람들이 관계를 끊을 때 '손절'이라는 주식용어를 쓰는 게 아닐까. 더 큰 손해를 막기 위해서 지금까지의 손해를 감수하는 것. 끊어낸다는 것도 내 것을 지키기 위한 한 방법이다. 그러니까 아무것도 얻지 못하는 일방적인 관계라면 빨리 끊어버리는 게 낫다. 시간이 지날수록 상처만 커질 테니.

세 번째 처방, 그저 한 사람과 잘 안 되었을 뿐이니 너무 실망하지 않기.

살아가면서 누구나 '관계의 숲'을 만들게 된다. 가족, 친구, 동료 등 아주 많고 다양한 종류의 나무가 있는 숲이다. 지금 당신에게 상처를 준 관계는 그중 한 그루에 지나지 않는다. 잘 키우고 싶었지만 그렇게 되지 못한 그저 한 그루다. 애정을 주었던 나무가 말라버렸다고 해서 당신의 숲이 사라지는 것은 아니다. 부디 작은 가뭄으로 온 마음이 사막화되지 않기를 바란다. 당신이 가꾸는 관계의 숲은 여전히 울창하다.

## 특별한 사람이 되는 방법

스스로 특별해지는 것은 어렵다.

그만한 외모나 재주를 갖고 태어나기가 어렵고

후천적 노력으로 특별해지려면

상상하기 어려울 정도의 시간과 노력을 쏟아야 한다.

특별한 사람이 되기 위한 가장 쉬운 방법은

누군가에게 특별해지는 것이다.

뛰어난 외모나 도움 될 만한 재주가 없어도

존재만으로 누군가에게 귀한 사람이 되는 것,

그렇게 다른 사람에게 대체불가한 사람이 됨으로써

우리는 특별해진다.

그래서 "나한테 왜 잘해줘요?"라는 질문에는

답으로 쓸 만한 이유가 없다.

그저 당신이 당신이기에,

당신이라는 존재가 특별한 이유 없이 내게 특별하기에

그에 맞는 대접을 한 것뿐이다.

스스로 특별해지는 것보다

누군가에게 특별해지는 것이 쉽고,

누군가에게 특별해지는 것보다

누군가를 특별하게 만들어 주는 것이 쉽다.

우리는 그렇게 서로에게 특별한 사람이 되고

존재의 가치를 찾아가게 된다.

# 인연

**인**　인사도 하지 않던 사이가 가족처럼 가까워지기도
**연**　연인으로 지내던 사이가 남처럼 멀어지기도


**나의 시절인연에게**

나는 시절인연이란 말을 좋아한다.
시기가 맺어주고 시기가 흘려보내는 인연,
사람이 아니라 시간이 매듭지어준 인연이다.

한때는 서로가 만난 것에 감사했고
평생 함께하고 싶다는 욕망을 가졌지만,
시절은 인연을 무한히 허락하지 않았고
관계의 평행선은 그렇게 멀어지게 되었다.
이렇게 아름다운 이별이 또 있을까?

누구의 잘못도 변심도 없이 멀어진 인연.

미움과 후회 없이 좋은 기억만 남겨진 인연.

이제 더 이상 내 관계의 영역 안에

당신이 포함되지는 않겠지만

다른 사람과 함께일 때도, 혹은 혼자일 때도

그대에게는 행복하고 즐거운 일만 가득하길 바라며

나의 시절인연에게

켈트족의 기도문으로 작별인사를 대신하려 한다.

바람은 언제나 당신의 등 뒤에서 불고

당신의 얼굴에는 항상 따사로운 햇살이 비추길.

이따금 당신의 길에 비가 내려도

곧 무지개가 뜨는 날이 계속되길.

앞으로 겪을 가장 슬픈 날이

지금까지의 가장 행복한 날보다 더 나은 날이기를.

## 인연의 줄

부부가 될 사람들은 붉은 실로 연결되어 있어서
어떻게든 맺어진다는 중국의 월하노인 설화.
한국에는 천생연분의 상징인 청실홍실이 있고
일본에는 연인을 이어준다는 운명의 실 이야기가 있다.
사람들은 옛날부터
부부의 연을 이어주는 실이 있다고 믿었다.

혹시 살아가면서 만나게 되는 인연들도
이렇게 이어져 있는 것은 아닐까.
관계의 형태에 따라
서로를 이어주는 줄의 종류도 다른 것이 아닐까.

진실한 마음 없이 이익만을 위해 만나는 관계는
언제 끊어져도 이상하지 않을 썩은 동아줄.
좋은 관계를 맺었으나 시기가 떼어놓은 시절인연은
근처만 스쳐도 다시 이어질 자석 목걸이,
고용주인 사장과 근로자인 직원의 줄은
근로계약서에 합의한 월급만큼의 두께가 아닐는지.

'시절인연'이란 글을 SNS에 올리고 메시지를 받았다.
"좋은 친구였는데 오랫동안 만나지 못하고 있습니다.
우리도 시절인연일까요. 이렇게 놓아주어야 할까요?"

내가 생각하는 '인연의 줄 이론'으로 설명하자면
친구는 고무줄로 연결된 것 같다.
끊어지지 않을 만큼 아주 튼튼하고 두꺼운,
그러나 서로의 삶을 존중하는 탄성 좋은 고무줄.

가끔 남보다 멀어지기도 하지만
서로의 삶을 존중하고 응원하기에
거리 유지를 강요하지 않는 것일 뿐,
관계가 변하거나 끊어지는 것은 아니다.
오히려 다시 가까워질 때는
멀어졌던 거리만큼의 탄성으로 더 끌어당기게 된다.

진심으로 누군가의 행복을 바란다면
그 사람이 원하는 인생을 살아가도록 응원해야 한다.
잠시 멀어진 거리에도 불구하고
여전히 서로를 향해 응원을 보내고 있다면

당신도, 당신의 친구도 이미 충분히 잘하고 있다.

부디 거리의 간격보다
서로를 연결하는 줄의 탄성을 믿길 바란다.
그리고 때가 오면
그간 간직했던 마음을 꼭 전해주길 바란다.

"멀어졌을 때도, 가까워졌을 때도
진심으로 응원하고 있었노라고."

# 간격

**간**  간헐적인 만남과 적정한 거리 유지를 통해
**격**  격조 높은 관계를 유지하는 공백의 미학

대학생 때, 친한 친구와 자취를 한 적이 있다. 어릴 때부터 어울려 지냈고 취미도 비슷했기 때문에 한집에서 살면 재밌을 것 같았다. 하지만 그것은 착각이었다. 동거를 시작한 후부터 우리는 자주 다퉜다. 친구는 내가 생각했던 것보다 게을렀고, 나는 친구가 알고 있던 것보다 예민했다. 처음에는 청소, 설거지와 같은 것들로 싸우다가 나중에는 사사건건 날 선 말들이 오갔다. 서로의 거리가 가까워질수록 갈등의 불꽃이 커지고 있었다.

우리는 군대를 다녀온 후에 다시 만났다. 함께 살던 시절을 생각하면 다시 친해질 수 없을 것 같았는데, 의외로 꽤 잘 지냈다. 각자의 집에 살며 일주일에 서너 번을 만났다. 취미를 함께했고, 술도 자주 마셨다. 젊은 날의 추억을 만들자며 여행도 몇 번 같이 갔다. 그러는 동안 한 번도 다투지 않았다. 오히려 예전보다 더 잘 지냈다.

친구와 나 사이에는 거리가 필요했던 것 같다. 가까이 지내지만 밀착될 만큼은 아닌, 서로의 작은 단점은 보이지 않고 커다란 장점만 눈에 들어오는 '적당한 간격' 말이다.

'사이 간(間)'이라는 한자는 원래 '문 문(門)' 자 사이에 '달 월(月)' 자가 들어간 모양이었다. 긴 세월 동안 어떤 사연이 있었는지 모르겠으나 달의 자리를 '해(日)'가 대신하며 현재의 모양이 되었다. 여하튼 벌어진 문틈 사이로 새어 들어오는 달빛을 보며 '간격'이라는 개념을 생각했다는 뜻이다. 그 시대 사람들에게 간격이란, 다름이나 갈등 같은 것들로 인한 거리의 격차가 아니라 어둠 속에서 빛을 담아 채우는 감성의 공간이었나 보다.

친밀도가 높아지면서 멀어지게 되는 관계가 있다. 관계를 시작하는 단계에서는 보이지 않던 단점들이 거리가 가까워지면서 크고 선명하게 보여 그렇게 된다. 나태주 시인의 시 〈풀

꽃〉에 나오는 시구처럼 자세히 보아야 예쁘고 오래 보아야 사랑스럽겠지만, 어떤 관계는 서로를 향해 가까워지는 것이 이별의 원인이 되기도 한다.

마음과는 다르게 자꾸 멀어지게 되는 사람이 있다면, 가까워지려 노력하기보다 적당히 거리를 둬보는 게 어떨까. 그의 모든 면이 세세하게 보이지 않을 만큼 먼, 그러나 장점은 뚜렷하게 알 수 있을 만큼 가까운. 그래서 그 간격 사이로 달빛을 담아 서로에게 조금은 감성적일 수 있을 만한 적정한 간격으로. 어쩌면 관계가 틀어진 이유는 상대방의 단점만 보게 된 좁은 시야 때문일지도 모른다. 알고 보면 서로를 향한 마음은 그대로일지도 모른다.

## 인싸 (인사이더, Insider)

**인**    인싸라고 부르는 사람들에게

**싸**    싸(쌓)이는 건, 사실 이름만 아는 연락처들뿐


   외로움을 많이 타던 나는 사춘기를 겪으면서부터 인기가 많아지고 싶다는 욕망이 있었다. 요즘 쓰는 말로 '인싸(인사이더, Insider)' 지망생이었다. 그래서 대학생이 된 후에는 다양한 사람들과 관계를 맺었다. 여러 동아리에 가입하고, 주로 술을 마시게 되는 모임에도 부지런히 나갔다. 그렇게 아는 사람이 늘어나고 찾는 사람도 많아지면서, 나의 주변은 늘 사람으로 북적였다. 꿈꾸던 모습이었지만 생각보다 좋지는 않았다. 인싸가 된다고 해서 마음까지 풍요로워지는 건 아니었다. 많은 사람과 함께 있어도 나는 여전히 외로웠다.

   사실 인싸의 삶은 나와 맞지 않았다. 나는 내향적인 편이라

여러 사람과 가까이 지낼 만큼 에너지가 많지 않다. 그래서 친하게 지내는 사람이 아주 적은 편이다. 그런 내가 많은 사람과 관계를 유지한다는 건 애초에 무리한 일이었다. 오히려 가진 것보다 더 많은 에너지를 소모하느라 몸과 마음이 지쳐 갔다.

서른이 되던 해에 오래된 관계를 하나 잘라냈다. 위태롭던 신뢰가 무너지는 일이 있었고, 더는 관계를 유지할 수 없을 것 같아서 홧김에 그랬다. 다음 해에는 더 가까웠던 관계를 정리했다. 연결된 사람이 많아서 오래 고민하고 결정한 일이었다. 돌이켜보면 우발적인 절교도, 심사숙고한 절교도 잘한 선택이었다. 관계를 유지하기 위해 오랫동안 감수해야 하는 불편에 비하면, 관계를 끊는 고통은 순간에 불과했다. 그로부터 많은 관계를 정리해 갔다. 가만히 두어도 흘러간 시절 인연도 있었고, 일부러 만남을 피했던 기피인연도 있었다. 처음에는 일종의 죄책감 같은 게 있었는데, 관계를 정리해 갈수록 편해지는 마음에 나중에는 그마저도 들지 않았다.

관계의 범위가 작아졌지만, 밀도는 높아졌다. 많은 사람에게 분산되던 에너지를 특별한 몇 사람에게 집중할 수 있었다.

이전보다 더 깊은 대화를 했고, 따뜻한 마음을 더 자주 나눴다. 신기하게도 더 이상 외롭지 않았다. 돌이켜보니 마음을 채워주는 것은 '인기'가 아니라 '온기'였다. 불특정 다수로부터 받는 호감의 양이 아니라, 특정인과 나누는 마음의 온도가 관계의 품질을 결정한다. 그것이 외로움을 낮게 하는 유일한 치료제다. 풍요로운 관계를 만드는 최선의 방법이다.

# 돌봄

**돌** 돌아보지 않아도 곁에 있음을 느낄 수 있는
**봄** 봄날의 햇살 같은 따뜻한 보살핌


"문명의 시작이 무엇이라고 생각하십니까?" 인류학자 마거릿 미드Margaret Mead는 이 질문에 다음과 같이 대답했다.

"부러진 후에 다시 붙은 흔적이 있는 뼈입니다. 약 1만 5천 년 전 것이라고 추정됩니다."

집단생활, 농사, 도구의 사용 같은 답을 예상했던 사람들에게 의외의 답변이었다.

매머드가 살았던 시대, 1만 5천 년 전에는 골절과 같은 큰 부상이 죽음을 의미했다. 스스로 먹을 것을 구할 수 없게 될 뿐더러, 포식자에게 가장 좋은 사냥감이 됐기 때문이다. 그런데 부러진 뼈가 다시 붙었다는 것은 부상을 입은 사람이 상처가 완치될 때까지 살아있었다는 뜻이다. 최소 몇 주 이상이 필요했을 회복 기간 동안 누군가로부터 보살핌을 받았다는 의미이기도 하다. 마거릿 미드는 이것을 문명의 시작으로 보았다. 위기에 처한 동료를 외면하지 않고 돌봐준 일이 인류가 이룩한 발전의 첫걸음이라고 생각한 것이다.

요즘 시대의 사람들도 심각한 상처를 입는다. 달라진 점이 있다면 주로 마음에 입는다는 것이다. 모든 세대에서 마음의 병을 가진 사람이 늘어나고 있다는 게 그것을 증명한다. 신체를 위협하는 육식동물은 없지만, 마음을 해치는 사람들이 있다. 사는 게 치열해지면서 점점 더 심각해지고 있다.

하지만 그 상처를 돌봐주는 것도 결국 사람이다. 세상과 단절하고 싶을 만큼 큰 상처를 받고도 새로운 하루를 시작할 수 있는 이유, 사람으로부터 상처받았지만 사람에 대한 기대를 저버리지 않는 이유가 다 그들 덕분이다. 지친 당신이 계속 나아갈 수 있게 밀어주고, 주저앉은 당신이 다시 일어날 수 있도록 부축해 주는 사람. 가족, 친구, 동료, 때때로 이름도 얼굴도 모르는 데이터로 연결된 세상의 사람들까지. 이들이 보내는 위로와 격려 덕분에 냉정한 세상에서도 따뜻함을 잃지 않고 살아갈 수 있다.

돌봄이란 이만큼이나 대단한 일이다. 삶의 온기를 유지시킬
만큼, 깊은 상처도 치유될 만큼, 한 사람을 계속 살아가게 할
만큼.

# 대화

**대** "대화 좀 해" 하고 시작하는 대화는

**화** 화내고 끝나는 경우가 많음

"우리 얘기 좀 할까?"

얽혀버린 관계나 깊어진 갈등을 해소하기 위해 상대방을 대화의 자리로 초대한다. 그런데 이 말로 시작한 대화는 대체로 끝이 좋지 않다. 언어의 온도가 너무 뜨겁거나 차가워져서 대화가 중단되기도 한다. 그쯤 되면 서로를 '말이 통하지 않는 사람'으로 생각하게 된다. 결국 관계가 더 꼬이거나 갈등의 골이 깊어져서 말 없는 사이가 되어 버린다.

나도 이런 상황을 자주 겪는다. 가장 오래된 것은 부모님과의 대화이고, 가장 자주 겪는 것은 아내와의 대화다. 하고 싶지 않지만 어쩔 수 없이 해야 하는 직장에서의 대화도 있다.

나는 이것에 대해 오래 고민했다. 대화가 끝난 후에 찜찜한 기분이 들거나 오히려 더 화나는 상황을 반복하는 게 싫었다. 그래서 그동안의 경험을 바탕으로 나름대로 몇 가지 원칙을 정한 후에 대화에 임하고 있다. 이 원칙을 지킨다고 해서 원하는 결말을 얻을 수 있는 건 아니지만, 적어도 뒤끝이 깨끗한 대화는 만들 수 있었다. 당신의 대화가 좋은 끝을 맺길 바라며 나만의 원칙을 공유해 본다.

원칙 1. 아는 얘기, 뻔한 얘기라도 상대방이 말을 끝낼 때까지 참고 들어주기.

당신의 대화 상대는 당신이 생각하는 것보다 말솜씨가 뛰어나지 못할 수도 있다. 그래서 그의 말을 끝까지 들어주어야 한다. 당신이 이미 아는 이야기, 어떤 말이 하고 싶은지 알 것 같은 이야기라도, 그가 직접 마침표를 찍을 때까지 기다려줘야 한다. 어쩌면 그가 하고 싶은 말은 당신의 예상과 전혀 다른 결말일지도 모르기 때문이다. 그런 상황에서 말을 끝까지 들어주지 않는다면, 그는 계속 같은 말만 되풀이할 것이다. 진짜 하고 싶은 말은 아직 꺼내보지도 못했을 테니까.

원칙 2. 내가 말하고 싶은 시간만큼 상대방이 말하는 시간도 보장해 주기.

대화의 시간에는 상대성 이론이 적용되는 듯하다. 내가 말하는 시간은 10분도 짧게 느껴지고, 상대가 말하는 시간은 1분도 길게 느껴진다. 그럼에도 불구하고 내가 발언했다고 생각하는, 혹은 발언하고 싶다고 희망하는 시간만큼 상대방에게 똑같이 보장해 주어야 한다. 성숙한 대화는 항상 적정한 온도가 유지되고, 그 온도를 유지시켜 주는 공평한 시간이 필요하다. 어느 한쪽으로 기울지 않는 발언 시간이 좋은 대화가 지속되게 만든다.


원칙 3, 상대가 말하는 동안 내가 다음에 할 말 생각하지 않기.

갈등을 해결하기 위한 대화는 '토론'에 가깝다. 토론이란 상대방에게 내 의견을 설득하는 과정이다. 그래서 사람들은 상대보다 더 논리적으로 말하기 위해 노력한다. 그것이 대화를 나쁜 쪽으로 흘러가게 하는지도 모르고 말이다.

더 완벽하게 논리적이기 위해서 사람들은 남의 이야기를 듣지 않는다. 상대방이 말하는 동안 머릿속으로 내가 다음에 할 말을 준비한다. 이 행동은 대화를 극단으로 치닫게 한다. 엉뚱한 방향으로 이야기가 흐르거나 상대방이 무시받는다고 느끼게 만든다. 대화란 기본적으로 물음과 대답의 과정이다. 그러니까 당신이 다음 차례에 해야 할 말은 준비된 것이 아니라 지금 상대가 하고 있는 말에서부터 시작되어야 한다.

위에서 언급한 세 가지는 사실 '대화의 원칙'보다 '대화하고 싶은 사람이 되는 원칙'에 가깝다. 돌이켜보면 노련하게 상대를 이끈 대화보다 우호적으로 상대의 이야기를 경청한 대화가 더 좋은 결과를 불러왔다. 말하고 싶은 걸 잘 준비했을 때가 아니라, 말하고 싶은 상대가 되었을 때 좋은 대화를 나누게 된다.

결론적으로 말하면, 먼저 대화하고 싶은 사람이 돼야 한다. 그것이 대화가 통하는 길이고, 대화를 통해 문제를 해결하기 위한 기본 중의 기본이다.

# 좋아해

**좋**    좋아한다는 것은

**아**    아이처럼

**해**    해맑아지는 마음


사람에게 "좋아해"라고 표현하는 것은
음식이나 사물을 좋아한다고 하는 것보다
더 특별한 의미가 있다.
음식이나 사물에는 상태와 정도가 전제되지만,
(꼬들꼬들한 라면이나, 디자인이 예쁜 옷처럼)
사람을 좋아한다는 것은
그 사람 자체로의 그를 좋아한다는 뜻이다.
단점이 있어도 상관없고
나와 맞지 않는 면이 있어도 개의치 않는다.


그러니까 좋아한다는 말은

'당신은 나에게 존재만으로도 소중합니다'라는 말의
함축적 표현이다.
어느 때, 어느 곳에서, 어떤 모습이라도
당신이 귀하다는 걸 확인시켜 주는 선언과도 같다.
사랑한다는 말이 고결하고 성숙한 걸 뜻한다면
좋아한다는 말은 설레고 순수한 걸 뜻한다.
마치 어린아이의 맑은 웃음처럼.

좋아한다는 감정은
호감의 발전형이고 사랑의 전단계이기도 하지만,
무엇보다 가장 순수하고 맑은 마음으로
상대방을 소중하게 만드는 설렘이다.

# 네편

**네**　네게 도움이 필요한 일이 생긴다면
**편**　편하게 얘기해 줘, 언제든


너는 최고야.
내가 콩깍지가 씌어서 너를 그렇게 생각하는 게 아니야.
너를 질투하고 폄하하는 몇 사람만 빼고
모두 나처럼 생각하고 있어.

그러니까 미친놈 몇 명 때문에 자신을 낮추지 마.
많은 사람들이 너를 최고라고 말하고 있으니까.

잊지 마.
너는 아주 멋지고 좋은 사람이라는 걸.
그리고 내가 항상 네 편이라는 걸.

# 관심

**관**    관계를 더욱 돈독하게 해 주는

**심**    심신(心身) 정밀 케어

제조업이 호황을 누리던 1920년대, 미국의 한 회사가 공장 노동자들을 대상으로 어떤 실험을 했다. 작업장의 조명 밝기가 업무효율에 미치는 영향을 분석했다. 생산성을 높이기 위한 환경을 찾아내려는 게 목적이었다.

한 그룹은 기존 밝기의 조명에서, 다른 한 그룹은 더 밝은 조명에서 생산량을 측정했다. 그런데 예상하지 못한 결과가 나왔다. 두 그룹 모두 생산량이 증가한 것이다. 더 놀라운 사실은 실험을 마치고 나면 두 그룹의 생산량이 원래 수준으로 돌아온다는 것이었다. 몇 차례 더 실시된 실험에서도 같은 결과가 나왔다. 이 실험결과를 바탕으로 연구진들은 다음과 같은 결론을 내렸다.

"노동자들의 생산성이 향상된 것은 직원들이 실험에 참여한다는 사실을 인지하고 일을 더 열심히 했기 때문이다. 기업의 생산성을 높이기 위해서는 물리적 환경보다 노동자의 심리적 변화가 더 중요하다."

생산성이 향상된 이유는 조명의 밝기 때문이 아니라 노동자들의 마음 때문이었다. 중요한 실험에 참여하고 있다는 책임감, 경영진으로부터 관심받고 있다는 동기부여, 그리고 자신의 의견이 실험에 반영된다는 존중감이 일을 더 잘하게 만들었다. '일하는 환경'보다 '일하는 마음'이 중요했던 것이다.

이것이 '호손효과'라는 용어의 유래가 된 웨스턴 일렉트릭사의 호손 웍스(Hawthorne Works) 공장 실험이다. 사람은 다른 사람으로부터 관심을 받고 있을 때 더 잘하기 위해 노력한다는 것을 실험으로 증명했다.

사람의 행동을 변화시키기 위해서는 마음을 움직여야 한다. 그리고 마음을 움직이는 일은 '관심'으로부터 시작된다. 누군가에게 관심을 가지면 그 사람이 자세하고 선명하게 보인다. 좋아하고 싫어하는 걸 알게 되고, 기분과 감정을 알아챌 수 있게 된다. 그러면 자연스럽게 '왜?'라는 궁금증이 생긴다. 왜 좋아하고 왜 싫어하는지, 왜 그런 기분이 들었는지. 그걸 해소하는 과정에서 그를 이해하고 인정하게 된다. 그의 마음에 공감하게 된다. 서로에게 공감대가 생기면 관계가 돈독해지고 마음이 연결된다. 그러면 상대방을 위해 나를 변화시키는 걸 마다하지 않는다. 이것이 관심으로부터 시작되는 변화의 마법이다.

친구 중에 회사 동료를 3년 동안 쫓아다니다가 결혼한 녀석이 있다. 계절이 12번 바뀔 동안 짝사랑만 하다가 막상 연애를 시작하자 6개월 만에 결혼했다. 청첩장을 받으며 궁금증이 생겼다. 이 녀석은 어떻게 반년 만에 남편감이 됐을까? 무엇이 그녀의 마음을 변화시킨 것일까? 그 대답을 집들이에서 들을 수 있었다.

3년 동안 친구 녀석의 데이트 신청과 선물 공세, 연락 끊기, 질투심 유발. 그러니까 당근과 채찍을 비롯한 밀고 당기기 작전은 아무런 감흥이 없거나 오히려 부담스러웠다고 한다. 그런데 독한 감기에 걸렸음에도 출근해야 했던 날, 책상에 올려져 있던 약과 작은 메모 한 장이 전환점이 되었다.

그녀는 피린계 약물에 알레르기가 있다. 해열, 진통제에 많이 포함되는 성분인데 호흡곤란을 동반하기 때문에 자칫하면 생명이 위험할 수도 있다. 언젠가 회식 자리에서 지나가는 얘기로 했던 걸 친구 녀석이 기억했다가 약을 사 왔다. "피린계 성분 확인했음"이라는 투박한 메모와 함께. 이걸 보고 그녀는 '이 남자는 나를 정말 사랑하는구나!'라고 생각했다고 한다. 그렇게 확신이 들자 남의 편이 되기 전에 내 편으로 만들어야겠다고 결심했다. 얼음장같이 차가웠던 그녀의 마음을 녹인 것은 관심이었다. 그녀에 관한 것이라면 작은 것도 흘려듣지 않았던 마음이 짝사랑을 참사랑으로 만들었다.

갈수록 인간애가 상실되고 있는 현대사회에서 사람들에게 결핍되고 있는 것은 '관심'이다. 나의 마음을 살펴주는 타인의 따뜻한 관심, 이것을 주지도 않고 받지도 못해서 우리는 차가워진다. 이 결핍은 대체할 수 있는 것이 없다. 유일한 처방은 관심뿐이다. 그것이 사람을 좋은 쪽으로 변화시키고, 같은 쪽으로 걷게 만든다. '우리'라는 말을 쓰게 하고 '함께'라는 단어가 익숙해지게 한다. 그러니까 누군가를 변화시키고 싶다면 먼저 관심부터 가져볼 일이다. 그렇게 마음을 채우고, 데우고, 녹여서 같은 곳을 향해 자연스레 흐를 수 있도록.

# 중압감

**중**    중요한 것이라 생각되어

**압**    압박감과 부담감으로 피하고 싶을 때도 있지만

**감**    감정의 끌림을 멈출 수 없어 생기는 마음


간혹 중력이 바닥으로 누르는 힘이라 오해하는 사람들이 있다. 아마, 뉴턴이 사과가 떨어지는 것을 보고 만유인력의 법칙을 발견했다는 이야기와 무중력 상태의 우주인이 공중을 둥둥 떠다니는 영상 때문일 것이다.

하지만 중력은 지구가 물체를 끌어당기는 힘이다. 그러니까 사과는 중력에 눌려 나무에서 떨어지는 게 아니라 지구에 당겨져서 땅에 닿는다. 같은 원리로 사람이 땅에 발을 딛고 사는 이유도 지구가 인간을 붙잡아 주고 있기 때문이다.


생계를 위한 일, 가정에 대한 책임감, 자식으로서 도리 등등

사람들은 참 많은 종류의 중압감에 억눌려 산다. 이런 걸 통칭해서 스트레스라 부르곤 하는데, 세상에 태어나면 당연히 짊어져야 하는 숙명으로 생각하기도 한다.

하지만 만약 남은 일생 동안 해야 할 일이 아무것도 없다면, 법적인 관계든 그렇지 않든 세상에 아무도 없이 혼자라면, 부양의 책임이 없다 해도 부모님이 계시지 않았다면, 우리는 마음 편히 행복할 수 있을까?

무중력 상태를 경험해 보지 못해서 그것을 동경할 순 있지만, 막상 중력을 잃고 정처 없이 떠다니면 불안과 고독이 앞서지 않을까. 어느 것에도 얽매이지 않는 '자유와 즐거움'이 아니라 어느 것에도 연결되지 못하는 '불안과 고독'. 그러면 나를 다시 안정으로 이끌어 줄 무언가를 찾게 되는 건 당연한 순리가 아닐는지.

인생에서 중압감을 느끼는 것들 중 어떤 것은 우리의 삶을 지탱해 주는 힘이 된다. 마치 중력처럼 말이다. 스트레스라 부르며 억눌려 사는 것 같지만, 사실은 마음이 끌려서 잘하고 싶은 것이고, 그 마음이 너무 커서 부담을 느끼는 것이다. 그리고 그 마음속에는 사랑, 책임, 성취와 같이 삶을 나아지게 하는 것들뿐, 나쁜 것은 한 가지도 없음이 분명하다. 삶을 힘들게 만드는 것들이라고 생각했었는데, 사실은 노력하는 이유가 되는 것이었다. 얽매인 것인 줄 알았는데, 단단하게 붙잡아주고 있던 것이었다. 돌아보니 모두 덕분이다. 잘 살아온 것도, 잘 살게 된 것도.

# 선물

**선**    선물이란

**물**    물건에 담아 보내는 따뜻한 마음


남자는 여자에게 가고 있다.

허전했던 손에는 꽃다발을 담았다. 그녀에게 전하라고 들판이 계절의 아름다움을 나눠 주었다. 긴장됐지만 발걸음을 줄이진 않았다. 걸음이 무거워질 때마다 바람이 밀어준 덕분이다.

남자는 청혼을 했고, 여자는 눈물을 흘렸다. 그녀는 꽃다발에서 가장 예쁜 꽃 한 송이를 골라 그에게 주었다. 수락의 표시였다. 두 사람의 결혼식에서 꽃다발은 부케(bouquet)라는 이름으로 신부의 손에 들렸고, 대답을 대신했던 꽃은 부토니에(boutonniere)가 되어 신랑의 가슴에 달렸다. 꽃은 그렇게 서로를 향한 사랑을 상징하는 증표가 되었다.

꽃을 선물한다는 것은 마음을 전하는 일이다. 말로는 다 표현할 수 없는 따뜻한 감정을 꽃의 아름다움을 빌려 전해준 것이다. 그래서 주는 사람은 꽃을 고르면서부터 설레고, 받은 사람은 꽃이 마를 때까지 행복하다. 그 안에 담긴 깊고 진한 마음 덕분이다.

봄은 항상 설렘과 함께 온다. 그래서 가슴 어딘가가 자꾸 간지럽다. 기분 좋게 데워진 공기 때문이기도 하지만, 곳곳에서 피기 시작한 꽃의 덕이 큰 것 같다. 겨우내 무미건조했던 회색빛 세상을 화려하게 물들여 놓은 꽃, 내 마음을 전할 매개체가 활짝 핀 덕분에 괜스레 마음이 들뜬다.

누군가에게 고백하지 못한 마음이 있다면, 이런 분위기를 핑계 삼아 꽃을 선물해도 좋을 것이다. 그 꽃으로 인해 심장 박동이 조금 빨라질 수도 있고, 얼굴빛이 살짝 붉어질 수도 있다. 어쩌면 두 사람이 있는 공간의 온도가 조금 올라가게 될지도 모른다. 그렇게 설렘이 사랑이 될지도 모른다.

# 갈등

**갈**  갈라서는 원인이 되기도 하지만

**등**  등 뒤를 믿고 맡기는 계기가 되기도 하는

갈등이라는 단어는 '칡 갈(葛)'과 '등나무 등(藤)'이라는 한자를 쓴다. 칡과 등나무 줄기가 뒤엉켜 자라는 모습에서 유래한 말이다. 줄기가 왼쪽으로 감기는 칡과 오른쪽으로 감기는 등나무가 엉킨 모양이니, 얼마나 꼬이고 답답한 상황을 표현하고 싶었던 것인지 짐작할 수 있다.

관계에서 갈등은 굉장히 중요하다. 정확히 말하자면 그것을 풀어가는 과정이 무척 중요하다. 드라마나 영화의 재미를 위해 갈등이 필수요소이듯이, 관계를 발전시키기 위해서도 갈등이 꼭 필요하다. 다만, 어떻게 풀어가느냐에 따라 핑크빛 해피엔딩이 될 수도 있고, 액션이나 스릴러로 장르가 전환될 수도 있다.

결혼을 앞둔 후배가 배우자 될 사람과 한 번도 다투지 않았다고 했다. 천생연분이라고 칭찬한 사람도 있었는데 나는 조금 걱정이 됐다.

결혼하고 살다 보면 연애 때는 예상하지 못했던 문제들이 발생한다. 서로의 부모형제와 관련된 일이나, 나와는 너무 다른 배우자의 습관들, 육아관의 차이 따위들. 결혼 초기에는 이런 문제들로 자주 부딪히며 다투게 되는데, 반드시 해결해야 하는 것들이기에 피하거나 미뤄놓을 수가 없다.

우리 부부는 신혼 때 빨래를 분류하는 문제로 많이 싸웠다. 아내는 종류별(외출복, 실내복, 속옷, 수건)로 구분해서 세탁했고, 나는 색깔별(흰옷, 검정 옷, 색깔 옷)로 구분해서 세탁했다. 작은 차이였지만 각자 오랫동안 유지하던 습관이라 바꾸기가 쉽지 않았다. 적어도 이틀에 한 번은 빨래를 했기 때문에 이 문제는 서둘러 해결해야 했다. 그렇지 않으면 하루걸러 하루를 다투게 됐다. 결국 긴 대화 끝에 합의점을 찾았다. 속옷, 수건은 색깔과 상관없이 같이 세탁하고 외출복, 실내복은 색깔별로 구분해서 세탁하기로 했다. 6년이 지난 지금도 유효한 합의다.

연애하면서 다퉈본 경험, 정확하게는 갈등을 극복해 본 경험이 이 시기에 많은 도움이 됐다. 각자의 요구사항만 강요하는 대화가 어떤 결말을 맺는지 알기에 너무 많이 강요하지 않았고, 너무 강하게 부정하지 않았다. 서로 다른 의견을 조정하는 과정에서 양보와 이해를 위해 노력했다. 상대방을 기분 나쁘게 만드는 법을 잘 알고 있어서 그러지 않기 위해 조심했다. 그리고 결국 서로가 이해 가능한 범위에서 합의점을 도출했다. 사소한 문제였지만 우리는 이 갈등을 꽤 어른스럽게 해결했다. 무엇보다 이 경험을 통해 다른 문제들도 원만히 해결할 수 있었다.

비단 부부 사이에만 해당하는 이야기가 아니다. 좋든 싫든 얼굴을 맞대고 사는 사이라면 갈등을 극복하는 경험은 반드시 필요하다. 두 사람이 어떤 관계가 될 것인가를 결정하는 중요한 과정이 되기 때문이다.

애들은 싸우면서 큰다고 하던데, 내가 보기에는 어른도 마찬가지다. 그러니까 자꾸 얽히고 꼬인다면, 피하지 말고 그냥 부딪혀 봐라. 양보와 이해를 통해 동지가 될지, 분노와 상처로 얼룩진 원수가 될지는 싸우면서 결정하는 것으로 하고.

# 배려

**배**    배우지 않아도 충분히 알 수 있고
**려**    려(여)유가 없어도 쉽게 할 수 있는 마음


카페에 앉아 있는데
시각장애인과 동행한 가족이 들어왔다.
예쁜 바다가 보이는 카페였는데
풍경이 얼마나 예쁜지 알려주고 싶으셨나 보다.

설명만 듣고는 상상하기 어려우실 것 같아서
우리 가족이 앉아 있던 창가 자리를 양보해 드렸다.
탁 트인 창문 앞에서 파도 소리와 바람을 느껴보면
내가 보고 있는 아름다운 풍경이 그려지실 것 같았다.
자리에 앉아 보시고는
우리 가족에게 축복의 말을 해 주셨다.

진심을 담아 몇 번이나 해 주셨다.

두 살 난 우리 아이가 해맑게 웃었다.
무슨 말인지 알지도 못하면서.

# 무례함

**무**  무지해서 잘못된 행동인지도 모르고

**례**  례(예)전부터 그래와서 뭐를 잘못한 줄도 모르고

**함**  함부로 하는 게 습관이 된 버릇없는 행동


어른이 되어서도 여전히 어려운 일 중 하나는, 타인의 무례를 감당하는 일. 나이가 들수록 만나게 되는 사람이 다양해지므로 무례를 범하는 사람의 종류도 다양해진다. 까닭에 어린 나이 때보다 타인의 무례를 견디는 힘이 조금 더 커졌을지 모르나, 여전히 익숙해지지는 않는다.

인간은 굉장히 자기중심적인 사고를 하는 동물이다. 그래서 항상 자기의 상황과 감정을 우선하고, 무엇이든 자신에게 유리한 방향으로 해석하려는 경향이 있다. 그러니까 다른 사람을 고려하지 않고 자기만 생각하느라 무례를 범하는 일은 어쩔 수 없는 관계의 필연인지도 모르겠다.

언젠가 버스에서 싸움을 목격한 적이 있다. 뜨거운 여름날 오후, 사람이 가득 찼던 만원버스였다. 그날따라 길이 막혀서 가다 서다를 반복했고, 여기저기서 들리는 '빵! 빵!' 소리와 버스 안내멘트 때문에 실내가 굉장히 어수선했다. 한쪽에서는 40대로 보이는 승객이 전화통화를 하고 있었는데, 소란한 분위기 때문인지 목소리가 상당히 컸다. 게다가 끊을 기미가 전혀 보이지 않았다. 그때 버스 기사님이 공공장소에서 너무 시끄럽다며 한마디 하셨다. 그러자 전화를 하던 승객이 얼굴을 붉히며 소리쳤다.

"당신, 지금 뭐라고 그랬어! 내가 누군지 알아? 내가 지금 얼마짜리 전화를 하고 있었는지 알아? 당신이 뭔데 이 많은 사람 앞에서 나를 쪽팔리게 하는 거야."

글로 다 옮기진 않았지만 상당한 욕설도 섞여 있었다. 그 말을 듣고 기사님도 화가 나셔서 두 사람 사이에 언쟁이 오갔다. 멈출 기미가 없던 싸움은 그 승객이 다음 정거장에 내리면서 끝이 났다.

승객은 왜 화를 냈을까? 잘못한 사람은 본인이면서. 아마 많은 사람 앞에서 핀잔을 들은 게 창피했던 모양이다. 다른 사람의 불편보다 자신의 창피함이 더 중요해서 사과가 아니라 화를 냈을 것이다. 만원버스 안에 있는 그 누구의 기분도 고려하지 않은 행동, 오롯이 자신의 기분만을 생각한 무례함 이다.

이처럼 무례란 대개 의도치 않게 나온다. 자기밖에 모르는 이기적인 생각이 의도치 않게 다른 사람의 기분을 상하게 한 다. 만약 의도적으로 무례를 범했다면, 우리는 그것을 무례라 고 부르지 않는다. 그것에는 인신공격이나 인격 모독이란 표 현이 더 어울린다.

그래서 우리는 타인의 무례에 익숙해져야 한다. 다른 사람 은 모르고 자기만 알기 때문에 저지르는 행동이 무례다. 지성 과 공감능력 부족으로 인해 나타나는 증상 같은 것이다. 마 그네슘이 부족해져서 눈 밑이 떨리는 것처럼. 안타깝게도 세 상에는 이런 사람이 너무 많다. 그 사람들에게 일일이 예의를 알려줄 수 없기에 우리는 그 무례에 익숙해지는 쪽을 택해야 한다.

타인의 무례는 새똥과 같다. 출근길에 새똥을 맞았다면 어 떻게 하겠는가? 마르고 굳기 전에 닦아버리면 그만이다. 혹시 당신이 매우 긍정적인 성격이라면 '오늘 운이 좋으려나?' 하 며 웃어넘길 수도 있다. 그런데 이미 날아가 버린 새에게 분노를 쏟아내고, 남겨진 새똥을 보며 두고두고 화를 곱씹는다면 당신에게는 무엇이 남을까. 새는 당신에게 똥을 쌌다는 사실도 모른 채, 제 갈 길 가기에만 바쁠 텐데 말이다.

물론, 그 순간에는 기분이 나쁘겠지만 '툭! 툭!' 털어버리면 그만이다. 저지른 사람은 잘못한 줄도 모르고 있는 행동을 마음에 품고 사는 것은 너무 비효율적인 일이다. 많은 에너지가 들어가지만 남는 것이 아무것도 없는, 생산적이지 못할 뿐만 아니라 삶을 낭비하는 일이다.

타인의 무례에 익숙해지기를 바란다. 그리고 무뎌지기를 바란다. 그들이 자신의 기분만을 위해 살 듯, 당신도 당신의 기분을 위해 살았으면 좋겠다. 무례 따위는 툭툭! 털어버리면서.

## A.I (인공지능)

A   아무리 뛰어나도

I   인간의 마음을 대체할 수는 없지


'Chat GPT'라는 프로그램의 이용자가 늘어나고 있다고 한다. 'Chat GPT'는 일상적인 대화는 물론이고 사무적인 영역에서도 활용이 가능한 인공지능(A.I) 챗봇이다. 시말서를 대신 써주었다는 경험담까지 있는 걸 보니, 이제 사람 대신 인공지능이 일하는 시대가 가까워졌구나 싶다.

내친김에 인공지능 기술로 대체된다는 직업들에 대해 찾아봤다. 의료계, 법조계, 회계사, 번역가, 비서 등등 분야를 막론하고 정말 많았다. 한 연구결과에서는 작가도 꽤 높은 순위에 있었다. 전업 작가를 꿈꾸는 나는 가슴이 서늘했다. 하지만 글을 쓰고 읽는 일에 대한 내 생각이 틀리지 않는다면, 화성으로 택배를 보내는 시대가 와도 작가와 독자는 사람이 쓴 글을 통해 이어지고 있을 것이다.

글은 종류와 상관없이 사람과 관련되어 있다. '소설'은 등장인물의 상황과 심리를 묘사하는 이야기고, '수필'은 작가의 경험과 생각을 나누는 글이다. 감정을 비유와 함축으로 표현하는 글이 '시'고, 세상이 돌아가는 상황을 전하는 글이 '기사'다. 심지어 제품 설명서도 사람과 관련되어 있다. 설명서에 적힌 내용은 사물에 대한 글이지만, 그것을 쓴 목적은 사람을 위해서다. 직접적이든 간접적이든 우리가 읽는 글 중에 사람과 관련되지 않은 건 없다. 그러므로 작가, 아니 사람이 독자를 위한 글을 가장 잘 쓸 수 있다.

물론 인공지능의 성장을 무시할 수는 없다. 아마도 빨리 쓰고, 그럴듯하게 쓰는 건 인공지능을 이길 수 없을 것이다. 실제로 '가을을 주제로 윤동주 시인 스타일의 시를 써줘'라는 명령어를 입력해 보니 〈윤동주 시집〉에서 본 듯한 시가 뚝딱하고 나왔다. 전 세계 유명 작가들의 데이터가 입력된 인공지능의 문장력은 이미 상당한 수준이다. 그럼에도 불구하고 인간을 대신할 수 없을 거라 확신하는 이유는, 글의 근본적인 목적이 마음을 전하는 것이기 때문이다. 그리고 그 마음은 사람만이 전할 수 있다.

한 방송 프로그램에서 가수 유희승 씨 부자가 〈엄마가 딸에게〉라는 노래를 부른 적이 있다. 그의 아버지는 전문 가수가 아니었기 때문에 뛰어난 발성이나 기교는 없었다. 하지만 아들을 향한 마음을 담아 한마디 한마디를 부르며, 그 자리에 있던 많은 관객을 감동시켰다. MC 신동엽 씨도 목이 메어 진행을 잠시 중단해야 했다. 가창력이 아니라 아버지의 마음으로 그렇게 만든 것이다. 글도 노래와 같다. 마음이 전해지는 글이란 화려한 문장구조, 멋들어진 문체, 고상한 단어가 아니라 한 사람이 다른 사람에게 전하려는 진심이 만든다.

그래서 인공지능은 작가를 대신할 수 없다. 가슴을 울리는 글, 삶을 돌아보게 하는 글, 내일을 사는 동력이 되는 글은 사람의 마음을 이해하는 사람만이 쓸 수 있다. 우리는 그 이해를 '공감'이라고 부른다. 인공지능이 절대 침범할 수 없는 영역이다.

내가 글을 올리고 있는 SNS에는 글을 쓰거나 읽는 사람이 많다. 자신의 마음을 전하는 사람과 그걸 읽으며 조금 더 성숙해지려는 사람들이다. 인공지능이 사람을 대신하는 분야가 점점 더 늘어나는 세상에서, 나와 같은 목적으로 노력하고 있는 그들에게 동지로서 응원의 말을 전하고 싶다.

"지금까지 하던 대로, 앞으로 하고 싶은 대로,
그렇게 작가와 독자로 마음을 잇고 나누며
자신이 원하는 모습으로 성장하게 되기를 빕니다."

4부

회사의 단어

헤어지자고 말하고 싶은데, 용기가 나지 않아

# 취업

**취**    취미처럼 좋아하는 일을

**업**    업(業)으로 삼아 살아갈 수 있다면

20대 중반이 되면서 나는 현실적인 사람으로 변했다. 꿈은 어린 시절에나 갖는 환상이라 생각했고, 그걸 찾아볼 여유도 없었다. 안정적인 삶을 위해 회사원이 되기로 마음먹었다. 그게 가장 평범했고 안전해 보였다. 졸업을 앞두고 친구들이 취업에 성공하자 마음이 급해졌다. '취준생'이라는 딱지를 빨리 떼버리고 싶어서 어디든 합격만 하면 무조건 다니겠다고 결심했다. 때마침 지금 다니고 있는 회사에 합격했다. 이제 허튼 짓하지 않고 잘 살기만 하면 될 것 같았다.

취업만 되면 모든 게 해결될 줄 알았는데, 진짜 문제는 그때부터 시작됐다. 적성에 맞지 않는 일을 한다는 건 생각보다 힘든 일이었다. 게다가 사람에 치여서 마음이 더 지쳐갔다. 행복해지기 위해 돈을 버는 건데 돈을 버는 일이 행복하지 않았다. 그러다 직장인 3년 차가 되던 해에 깨달았다. 내가 직업 선택을 잘 하지 못했다는 것을. 실패한 정도는 아니지만, 잘하지 못한 것은 확실했다.

'직업을 잘 선택했다'라고 평가되려면 두 가지 조건이 충족돼야 한다. 하나는 이상적인 것이고, 다른 하나는 현실적인 것이다.

이상적인 조건은 꿈이다. 내가 진심으로 좋아하는 일이어야한다. 잠을 자고 싶지 않을 만큼 재밌고 꿈에서도 생각날 만큼 즐거운 일, 그런 일이 진심으로 좋아하는 일이다. 또 다른하나, 현실적인 조건은 돈이다. 경제적인 어려움을 겪지 않을만큼 돈을 벌 수 있어야 한다. 직업이란 근본적으로 생계를유지하는 일이기에 일정 수준 이상의 수입이 보장되지 않으면지속할 수 없다. 만약 그렇지 못하다면 다른 직업을 찾거나 N잡을 하게 된다.

이 두 가지 조건을 모두 만족시키는 일을 찾았다면, 인생에있어 엄청난 특권을 누릴 수 있다. 취미처럼 좋아하는 일을 직업이라 말할 수 있게 된다. 그럴 수만 있다면 일터에 나가는 일이 대체로 즐거울 것이다. 삶이 전반적으로 행복할 것이다.

겪어보니 돈을 많이 버는 건(사실 아주 많이 벌어본 적도 없지만) 나를 행복하게 만들어 주지 못했다. 신입사원 때보다 지금 월급이 훨씬 많지만, 내가 느끼는 행복감에는 큰 차이가 없다. 돈이란 없으면 불행해질 수 있지만, 많다고 해서 행복해지는 게 아니다.

돌이켜 보면, 바늘구멍만큼 좁다는 취업문을 통과한 만족감도 잠시뿐이었다. 직장을 구했다는 안도감과 성취감은 잠깐이었고, 직업에 대한 의구심과 채워지지 않는 공허함이 계속됐다. 불안감에 쫓겨서 하는 취업이란 게, 좋아하는 일을 직업으로 삼지 못했다는 게 그런 것이다.

나도 그때 그러지 못했지만, 아니 뒤늦게라도 그러기 위해 노력하고 있지만, 당신이 꿈을 좇았으면 좋겠다. 특히, 이제 막 사회로 발을 내딛으려는 청춘이라면 더 그렇다. 청춘이란 조금 무모해도 괜찮다는 걸 핑계 삼아, 취미로 두기에는 아까울 만큼 좋아하는 일을 직업으로 만들기 위해 노력해 봤으면. 그래서 당신의 출근길이 대체로 즐거웠으면, 삶이 더 많이 행복했으면 좋겠다.

# 동료

**동**    동무처럼 같은 편이 되기도

**료**    료(요)괴처럼 무찔러야 하기도


좋은 동료란

다른 사람의 성과를 자기 것인 양 가로채지 않고

자신의 잘못을 남의 탓으로 떠밀지 않으며

내가 어려울 때 같은 편에 서주진 못하더라도

무리 속에 숨어 나를 벼랑 끝으로 내몰지 않는 사람.


어렵지 않지만 찾기가 어려운

알고 있지만 되기는 어려운

그래도 어딘가에 꼭 있을 거라 믿고 싶은

오아시스 같은 사람.

# 군계일학

**군계** 닭장 속에 갇혀서
**일학** 닭 무리에게 구박받는 한 마리 학


중국 진나라 시대에 '죽림칠현'이라 불리는 사람들이 있었다. 부패한 사회를 등지고 대나무 숲에서 풍류를 즐기던 일곱 명의 선비를 말한다. 이 중 혜강이란 사람에게 뛰어난 재주를 가진 아들이 있었다. 어느 날, 이 아들이 많은 사람들 틈에 끼어 궁궐에 들어가고 있었는데, 남다른 기품 때문에 군중 속에서도 유난히 눈에 띄었다고 한다. 그것을 보고 비유한 표현이 군계일학, '닭 무리 속의 한 마리 학'이다. 평범한 사람들 속에 있는 뛰어난 사람이란 의미다.

회사에서는 군계일학이 다른 뜻으로 해석되는 것 같다. 아쉽게도 원래 뜻과는 다르게 부정적인 의미다. 회사라는 조직에서의 학은 '닭 무리 속의 학'이 아니라 '닭장 속에 갇힌 학'이 어울린다. 작은 케이지에 갇혀서 날지 못하는 학, 닭의 눈치를 보느라 커다란 날개를 펴지도 못하고 잔뜩 웅크리고 사는 학이다.

회사란 원래 같은 편이 모여 있는 곳이다. 같은 목적을 가진 사람들이 한 지붕 아래에서 힘을 합쳐 일하는 곳. 같은 사원증을 차고, 같은 밥을 먹고, 때론 같은 옷을 입으며 동료애를 나누는 곳이다. 하지만 실제로는 그렇지 못한 듯하다. 동료는 가장 가까이에 있는 경쟁자이며, 같은 편이지만 이겨야 하는 모순적인 상대다. 그래서 동료가 나보다 앞서 나가면 달갑지 않다. 응원하고 인정해 주는 것보다 시기하고 깎아내리는 일을 더 자주 겪게 된다.

회사에서 남들보다 뛰어나고, 주도적이고, 열정적인 사람들이 듣는 말이 있다. "유난스럽다", "일 만든다", "오버한다", "튀려고 한다", "욕심이 너무 많다" 등등, 미움으로 예리하게 다듬어진 날카로운 말들이다. 특별히 잘못한 것도 없이 밉상 취급을 받을 때도 있다. 누군가의 뛰어남이 다른 누군가를 불안하게 만들기 때문이다. 닭장 안에서 펼치는 학의 날갯짓은, 닭에게는 서 있을 곳을 잃게 만드는 위협적인 행동이다.

만약 당신이 학의 마음에 공감하는 사람이라면 앞으로는 그냥 학으로 살아가도 된다. 모든 사람에게 이해와 응원을 받을 수는 없다. 좁은 닭장에서도 하늘을 날 꿈을 꾸는 것이 당신을 위한, 당신다운 삶이다. 진짜 불행이란 닭 무리로부터 받는 구박이 아니라 학이었던 모습을 버리고 닭을 흉내 내는 것이다.

혹시 당신이 학이 되고 싶은 닭이라면 학처럼 살기 위해 노력해야 한다. 날개가 있음에도 닭이 날지 못하는 이유는 오랫동안 날려고 하지 않았기 때문이다. 노력한다면 얼마든지 다시 날 수 있다. 다른 닭의 눈치를 볼 필요는 없다. 어떤 모습으로 살 것인가는 각자의 선택이다.

끝으로 당신이 시기와 질투가 가득한 닭이라면 이제라도 멈춰라. 자신이 못난 것보다 남을 못나게 만들려고 헐뜯는 모습이 훨씬 더 꼴불견이다. 노력한 사람에게는 성장과 경험이 남는다. 시간이 지날수록 더 가치 있는 게 남을 것이다. 하지만 지금의 모습으로 시간이 흐른다면, 당신에게는 무엇이 남겠는가.

# 다정다감

**다정**  다정한 정도가 지나쳐서
**다감**  다 떠나감


우리 회사 부장님은 너무 다정하다.


내가 신입사원 때는 월급을 막 쓸까 봐 걱정해 주고
서른 넘으니까 결혼 못 할까 봐 걱정해 주더니
결혼 후에는 국가의 미래라며 자녀계획까지 세워준다.


걱정보다 오지랖에 가깝고
조언보다 참견에 가까운.
불편하다고 말하면 내가 예민해 보일 것 같아서
그냥 "예, 예"하며 흘려듣는 이야기.
따뜻한 말처럼 보이지만 사실 속은 차가운,

전자레인지에 잠깐 돌린 편의점 도시락 같은 말들.

부장님은 지나치게 다정하다.
그래서 외롭다.

# 노고

**노** 노력하고 애써준 사람에게 잊지 않아야 하는 말
**고** 고맙습니다, 덕분입니다

우리 회사에는 항상 불이 켜져 있는 사무실이 있다.
내가 제일 좋아하는 선배가 일하는 곳이다.
선배 같은 사람들이 쉬지 않고 밝혀준 덕분에
어둠이 내린 밤에도 회사는 언제나 빛이 난다.

선배에게 왜 그렇게 열심히 하느냐고 물었다.
"내가 많이 부족하니까, 남들보다 더 열심히 해야 해."
가장 열심히 해서
제일 잘하게 된 사람인 줄 알았는데,
본인이 잘하는 줄 몰라서
가장 열심히 하는 사람이었다.

나는 이런 사람들을 '회사의 등대'라고 부른다.
밤새도록 어두운 바다만 바라보느라
정작 빛을 내는 것이 자신이라는 걸 모르는 사람들.
한 줄기 빛으로 어둠을 밝히는 길잡이가 되어 주고,
다른 사람들로부터 수고를 인정받지 못할 때도
언제나 묵묵히 맡은 일에 최선을 다하는 사람들.

그렇게 일만 하는 것이 안쓰러워서 타박했는데
돌이켜보니, 나 또한 감사의 마음을 전한 적이 없어서
모두를 위한 그들의 노력과 수고에
이렇게라도 인사를 전한다.

"아직 회사가 망하지 않은 것도
더디지만 나아가고 있는 것도
모두 덕분입니다."

# 학벌

**학** 학교 이름만 가지고

**벌** 벌써 인생이 결정됐다고 생각하는 착각

제법 좋다고 평가되는 회사에 다니는 친구가 있다. 성실하고 꼼꼼해서 언제나 믿음이 가는 녀석이다. 어느 날 잔뜩 풀죽은 목소리로 소주 한잔하자며 전화가 왔다. 투정을 부리지 않는 성격인데, 얼마나 힘든 일이 있어서 그런가 걱정이 됐다. 약속 장소에 나가보니 바람 빠진 풍선처럼 쪼그라든 모습이다. 얼마나 작아졌는지 어깨가 반으로 접힌 줄 알았다. 재촉하고 싶지 않아서 아무 말 않고 술을 몇 잔 마셨다. 그새 불판 위에 삼겹살이 노릇하게 구워졌다. 익은 고기 한 점을 접시에 올려주며 물었다. "너 왜 우중충해진 거야?"

친구는 회사에서 TF(Task Force)에 들어가게 됐다. 꽤 중요한 프로젝트를 추진하기 위해 만든 임시조직인데 열 명쯤 된다고 한다. 일 잘하기로 소문난 사람들이 뽑혔고 그중에는 명문대 출신도 많았다. 문제는 이것이었다. 유능하고 똑똑한 사람들과 일하게 되면서 이 녀석이 위축된 것이다. 다른 사람들과 비교하며 자신을 초라하게 여기고 있었다. 이유도 계기도 없었다.

"나는 똑똑하지 못해서 명문대를 나오지 못했고, 업무적으로 특별한 능력이 있지도 않아. 내가 낄 자리가 아닌 곳에 들어가게 된 것 같아."


명문대를 나오지 못한 건 사실이다. 실제로 열 명 중 다섯 명 정도는 '그런 학교가 있어?'라고 할 만한 대학을 나왔다. 고등학생 때, 그에게는 수능시험보다 더 재밌는 것이 많았다. 그래서 공부를 소홀히 했고, 결국 그 결과에 맞는 대학에 갔다. 그러니까 똑똑하지 못해서 명문대를 나오지 못했다는 말은 거짓이다. 이 사실을 잘 모르는 것 같아서 나도 한마디 했다.

"네가 많은 사람이 다니고 싶어 하는 회사에 들어가게 된 건 그만한 능력이 있기 때문이겠지. 취업을 결심하고 입사시험을 준비할 때까지 네가 쌓아온 것들 말이야. 마찬가지로 TF에 들어가게 된 것도 그만한 이유가 있지 않을까? 신입사원 때부터 지금까지 네가 쌓아온 것들 말이야. 어떤 대학을 나왔는가와 상관없이 너는 아주 유능한 직원이야. 네가 생각하는 것보다 훨씬 더 많이."

인생은 '시즌제 드라마'다. 끊기지 않고 연속되는 것 같지만, 사실은 나이대별로 주제가 다른 시즌제 드라마. 20대는 젊음, 30대는 성장, 40대는 성공과 성숙 같은 것이 보통의 주제다. 모든 시즌의 결말이 해피엔딩이라면 좋겠지만 아쉽게도 그건 희망사항일 뿐이다. 시즌마다 자신이 원하는 결과를 받지 못하거나, 사회적으로 필요한 성과를 얻지 못하는 일이 비일비재하게 일어난다. 하지만 그래도 괜찮다. 이번 시즌이 망했다면 다음 시즌에 잘하면 된다. 삶은 길고 만회할 시간은 충분하니까.

과거 중요한 때에 좋은 결과를 얻지 못했다는 사실보다 미래를 위해 지금 어떻게 살아가고 있다는 현실이 더 중요하다. 그리고 현재를 사는 내 모습이 나의 가치를 결정한다. 그러니까 과거에 얽매여 자신의 가치를 한정 짓지 않았으면 좋겠다. 지금 잘하고 있다면 충분히 잘 살고 있는 것이다. 그리고 잘 살아온 것이다.

# 월급

**월** 월마다

**급** 급전 땡기는 기분

직장인에게 가장 신나는 날은 '월'요일이 아닐까. 무슨 요일이든 상관없이 '월급 받는 요일'이 가장 신난다. 그날은 걱정 없이 조금 비싼 메뉴를 주문해 본다. 평소라면 고민했을 가격이지만 월급날은 괜찮다. 한 달을 고생했는데 오늘 하루쯤이야, 다음 월급날까지 조금씩 아끼면 된다.

그런데 며칠이 지나고 상황이 달라졌다. 은행 앱에서 출금 알람을 몇 번 받고 나니 월급이 사라졌다. 나는 제대로 써보지도 못했는데 남은 것이 거의 없다. 분명히 있었는데, 지금은 없어졌다. 월급이란 것이 이렇게 이상한 데가 많은 돈이다.

첫 번째 이상한 점은 내가 쓰는 것보다 남들이 가져가는 게 더 많다는 것이다. 은행, 보험, 통신사, 버스와 지하철, 그리고 내가 사는 집의 주인은 우리 회사에 출근도 하지 않으면서 내 월급을 나눠 쓴다. 정작 내가 쓸 것은 거의 남겨주지 않는다. 나를 위해 버는 게 아니라 그들한테 줄 돈을 마련하느라 매 달 급전을 땡겨 쓰는 기분이다.

두 번째는 월급이 올라도 생활이 크게 나아지지 않는다는 것이다. 신입사원 때와 지금의 월급은 꽤 차이가 있지만, 내가 사는 삶은 크게 달라지지 않았다. 차에 기름을 넣을 때면 여 전히 3만 원과 5만 원 사이에서 고민하고, 한겨울에도 난방비 를 아끼기 위해 보일러의 온도를 낮춘다. 얼마를 벌어야 넉넉 하다는 마음을 갖고 쓸 수 있는지 모르겠다.

세 번째는 신기하게도 돈이 생기면 꼭 돈 나갈 일이 생긴다 는 것이다. 간혹 성과급 같은 비정기적인 수입이 생기면, 뒤이 어 돈 쓸 일이 따라온다. 멀쩡하던 차가 갑자기 고장 난다거 나 가까운 사람들에게 경조사가 생기는 것과 같은 일이다. 더 신기한 일은, 항상 생겼던 돈의 액수와 비슷한 금액이 지출된 다. 신은 견딜 수 있는 만큼의 시련만 주신다는 말이 사실인 것 같다.

마지막으로 가장 이상한 점은 돈을 모을 때는 티끌 모아 티끌인데, 돈을 쓸 때는 티끌 모아 태산이다. 매달 카드 값을 보며 화들짝 놀란다. 이렇게 많이 쓴 적이 없는데 너무 큰 액수가 나왔다. 하지만 사용내역을 살펴보면 다 내가 쓴 것이 맞다. 커피숍 만 원, 편의점 몇천 원과 같은 작은 소비가 모여 한 달 사이에 큰돈이 됐다. 하지만 이상하게도 작은 저축들은 아무리 모아봐야 작은 돈에 머물러 있다. 그래서 돈을 모으기가 어려운 것이다.

　이렇게 모순적이고 불합리한 점이 많음에도 월급을 포기할 수 없는 이유는 정기적이고 안정적이기 때문이다. 매달 같은 날, 예상하는 금액을 받을 수 있는 것이 월급의 가장 큰 장점이다. 그래서 매번 서운하고 부족해도 월급 주는 곳을 찾는다. 월급으로 사는 삶에 익숙해져서 월급 없이 사는 것이 두렵기 때문이다. 그러고 보니 사람도, 물건도, 돈도 익숙해진다는 게 무섭다. 싫어도, 질려도 없으면 살 수 없게 된다.

# 대출

**대** 대부분의 직장인이
**출** 출근을 멈추지 못하는 이유

"대출은 직장생활의 원동력이다."

"자기 발로 회사 나오기 힘들어지면, 은행한테 끌려서라도 나와야 한다."

내가 신입사원 때, 친한 선배가 자주 하던 말이다. 회사에는 '홀수 연차 징크스'라는 것이 있어서 1·3·5·7년마다 퇴사 욕구가 폭발하는데, 그때 대출이 있으면 억지로라도 견뎌낼 수 있다는 얘기였다. 처음에는 그냥 재밌는 농담이라고 생각했는데 겪어보니 정말 그렇다. 대출 때문에 회사를 그만둘 수가 없다.

몇 년 전, 〈무한도전〉이라는 방송 프로그램에서 유재석 씨가 한 시민과 인터뷰를 했다. 상대는 이제 막 직장생활을 시작한 20대 은행원이었다. 인터뷰 중 "직장에 오래 다니려면 어떻게 해야 합니까?"라는 질문이 있었다. 대답은 "빚을 내면 됩니다"였다. 이 재치 있는 답변은 방송에서 큰 웃음을 주었고, 이후에도 많은 공감을 받으며 온라인상에서 오랫동안 유행했다. 이것이 계기가 되어 이 은행원은 5년 뒤 〈유 퀴즈 온 더 블럭〉이라는 프로그램에도 출연했다. 이때에도 "빚은 직장인들에게 평생 가는 동반자"라는 명언을 남겼다.

대출과 직장인의 끊을 수 없는 관계는 내가 다니는 회사만의 것이 아니었다. 모든 직장인의 이야기고, 모든 어른의 이야기다. 직장인에게 대출이란 퇴사라는 마지막 카드를 꺼내지 못하게 하는 협박 수단이자, 지쳐 쓰러질 것 같은 날에도 회사에 갈 수 있게 만들어 주는 자양강장제다.

은행에서 빌린 돈 때문에 회사의 볼모가 된 것 같아 기분이 좀 찜찜하지만, 그래도 대출 덕분에 돌아갈 집도 있고 타고 다닐 차도 생겼으니 아주 손해만은 아닌 것 같다. 어쩌면 그렇게라도 삶에 필요한 것들을 갖출 수 있어서 다행일지도 모르겠다.

대출 잔액을 계산해 보니 앞으로 몇십 번의 월급을 더 받아야 은행으로부터 해방될 것 같다. 살면서 목돈 들어갈 일이 많을 테니 아마 기간이 더 늘어날 것이다. 어쩌면 이백 번쯤 더 받아야 할지도 모른다. 하지만 '조금씩이라도 갚다 보면 언젠가는 다 갚겠지'라는 마음으로 이번 달에도 대출을 갚았다. 그렇게 생각하는 게 마음이 편하기도 하고, 워낙 오래 갖고 살다 보니 큰돈을 빌린 게 익숙해지기도 했다. 그러고 보니 대출이 인생의 동반자라는 말이 맞는 것 같다.

# 가치

**가** 가장 중요하다고 생각하는

**치** 치(취)향 저격 항목


'밸런스게임'이라는 것이 있다. 두 개의 보기 중에서 자신이 더 중요하다고 생각하는 쪽을 선택하는 게임이다. 이 게임의 형태를 조금 더 발전시켜 여러 가지 선택지가 있는 밸런스게임을 해보려 한다.

질문. 다음 중 한 가지가 무조건 이뤄진다면, 당신은 어떤 걸 선택할 것인가?

1. 나와 가족이 100세까지 무병장수하여 건강함.
2. 사랑하는 사람과 평생 행복한 커플이 됨.
3. 이번 주 로또복권 1등 당첨으로 30억 받음.
4. 회사 일이 술술 풀려 임원까지 초고속 승진함.

사람마다 중요하다고 생각하는 가치가 다르니 모두 다른 선택을 했을 것이다. 어차피 밸런스게임에 정답은 없다. 하지만 네 가지 보기 중 4번 선택지를 선택한 사람이 있을까? 아마 없을 것이다.

어른이 되고 나서 받는 스트레스의 대부분은 직장에서 온다. 쉽게 풀리지 않거나 과중한 업무 때문이기도 하고, 보고 싶지 않아도 일주일에 5일을 봐야 하는 동료 때문이기도 하다. 하지만 이것은 가족의 건강, 연인과의 사랑은 물론이고 심지어 돈보다도 인생에서 중요도가 낮다. 잠을 못 이룰 만큼 커다란 회사 스트레스도 아이의 열감기나 연인의 이별 통보 앞에서는 먼지만큼 하찮은 일이 된다. 일이란 성공과 관련이 깊지만, 행복과는 조금 거리가 있기 때문이다.

사람은 중요하다고 생각하는 일에 집중하게 되고, 집중하는 일에서 스트레스를 받게 된다. 더 잘하고 싶은 마음 때문에 당연한 것이다. 하지만 스트레스를 받는 일이 인생에서 모두 중요한 건 아니다. 어떤 일은 별로 중요하지도 않으면서 스트레스만 준다. 예를 들면 회사와 관련된 일이 그렇다.

어쩔 수 없을 때가 많다는 걸 알지만, 회사 일 때문에 중요한 것들을 포기하지 않아야 한다. 야근하느라 연인과의 약속을 미루고, 거절하기 힘든 회식 때문에 가족과의 저녁을 포기하는 것은 덜 가치 있는 것 때문에 가장 가치 있는 것을 놓치는 일이다.

 지금까지 그랬던 것처럼, 가족과 사랑과 건강은 대체로 늘 그 자리에 있다. 그것들과 멀어지고 있다면 당신 때문이다. 성공과 관련 깊은 일을 가까이하느라 행복으로부터 멀어지고 있는 당신 말이다. 그러니까 너무 늦기 전에 돌아가길 바란다. 돌이킬 수 없는 건 시간만이 아니다.

# 퇴사

**퇴**　퇴사하면 뭐 하고 살 거냐는 물음에

**사**　사람답게 살아보고 싶다고 대답했다


회사 게시판에 입사 동기의 퇴직 공고가 떴다. 이직하는 건지, 창업하는 건지, 아니면 복권에 당첨된 건지 궁금해서 메시지를 보냈다. 돌아온 대답은 간결했다. "살려고. 살려고 그만둔다."

친한 선배와 소주를 한잔했다. 나는 직장생활이 답답하고 지칠 때면 곧잘 선배를 찾는다. 그날도 회사에 다니고 싶지 않다는 넋두리를 늘어놓았다. 평소와 같은 대답이 돌아왔다. "다니고 싶어서 다니는 사람이 몇 명이나 있겠냐. 다 살려고 다니는 거지."

회사를 떠나는 사람도, 남아있는 사람도 모두 살기 위한 일이라고 한다. 하지만 그 말이 담은 의미는 너무 다르다. 한 사람은 '나'로서 살고 싶다는 뜻이다. 업무에 쫓겨 저녁을 잃어버린 생활, 동료와의 치열한(때로는 치졸한) 경쟁, 회사라는 조직의 부속품처럼 사는 일에서 벗어나 나를 위한 삶을 살겠다는 말이다. 다른 한 사람은 먹고살려고 다닌다는 뜻이다. 나혹은 가족의 생계를 유지하기 위해 힘들어도 견디고 있다는 뜻이다. 그래야 대출도 갚고, 밥도 먹고, 아이가 원하는 선물도 사 줄 수 있으니까. 그러고 보니 속뜻은 달라도 결국 목적은 '사람답게 살기 위함'이다.

그러니까 끈기가 없어서 그만둔다는 말은 틀렸다. 그리고 용기가 없어서 그만두지 못한다는 말도 틀렸다. 회사를 떠나는 것도, 회사에 남은 것도 모두 사람답게 살기 위한 마음을 포기하지 않아서다. 어떤 선택을 하더라도 잘 살기 위해 맹렬히 노력 중이다.

5부

가족의 단어

나를 있게 해 준, 나와 함께 해 준, 그리고 앞으로도 함께 해 줄 사람들

# 가족

**가**　가까이 지내온 사람이 살아온 인생의
**족**　족적을 따라 걷게 되는 것


## 가족이라는 증거

아버지는 열무김치를 좋아하신다. 젊었을 때는 잘 드시지 않았다고 하는데, 나이가 들면서 입맛이 변한 것 같다. 예전에는 알싸하고 맵게 느껴졌던 맛이 이제 개운하고 시원하게 느껴지신다고 했다. 사실 열무김치는 돌아가신 할아버지가 좋아하시던 음식이었다. 할머니도, 아버지도 좋아하지 않았지만, 오직 할아버지 때문에 식탁에 오르던 음식. 이제 그 음식은 아버지를 위한 메뉴가 됐다.

살다 보면 그런 때가 있다. 어릴 때는 이해할 수 없었던 부모님의 모습을 따라 하게 되거나, 잊고 있던 나의 모습을 아이에게서 발견하게 되는 때. 또 나이가 들면서 내 나이 때의 어머니 혹은 아버지의 얼굴과 놀랍도록 닮아있는 자신을 발견하게 될 때도 있다.

가족이란 게 그런 것 아닐까. 앞선 세대가 살아온 인생의 발자국을 따라 걷게 되는 것. 닮고 싶든, 닮고 싶지 않든 부모님과 부모님의 부모님이 살았던 흔적을 닮아가게 되는 것. 가끔 내 인생에서 느끼게 되는 부모님과의 데자뷔, 아마 그것이 우리가 가족이라는 증거일 것이다.

### 작고 소중한 가족, 털북숭이 친구들

나는 겁이 많다. 어릴 때도 그랬고 지금도 그렇다.
그래서 혼자 살던 시절에는 잠을 잘 때도 불을 켜놨다.
어둠이 무서웠기 때문이다.

불을 끄고 잠을 자게 된 것은
고양이들과 함께 살게 된 후부터다.
털북숭이 친구들과 함께 있으면 어둠도 무섭지 않았다.

작은 생명의 온기는 이만큼이나 의지가 된다.

어른의 마음에서 두려움을 지워버릴 만큼 따뜻하다.

반려동물이라는 표현조차 인색하게 느껴져서

아들, 딸, 동생으로 불리는 아이들.

피는 섞이지 않았지만 마음으로 맺어진 가족이다.


가끔 이 아이들과 이별했다는 사람을 만나게 된다.

의지했던 온기만큼 커다란 상실감을 느끼는 사람들.

무지개다리 건너에 있다는 각자의 별로

작고 소중한 가족을 돌려보낸 사람들.

그들에게는 스마트폰의 과거사진 알림기능이

눈물버튼이 된다.

행복했던 추억만큼 그리움이 밀려오기 때문이다.

하지만 슬퍼하기만 하는 것은 옳지 못하다.

행복했던 기억 때문에 그리움을 느끼게 되고

채워졌던 기억 때문에 상실감을 느끼는 것이다.

그리움과 상실감이 든다는 것은

한때 행복으로 가득 찼었다는 뜻이다.

그런 때를 추억하는 일은 즐거워야 한다.

햇살 좋은 날의 봄소풍을 떠올리는 것처럼.

# 부모

**부**　부단히 자식을 위해 쏟아부으면서도
**모**　모자란다고 생각하는 마음을 가진 사람들


혼자서 걷는 게 자유로워지는 순간부터
아이는 부모의 손을 잡고 걸으려 하지 않는다.
종종걸음으로 바삐 움직이며
온종일, 온갖 곳을 뛰어다닌다.

그렇지만 부모의 곁을 멀리 벗어나지는 않는다.
궤도를 그리며 행성을 공전하는 위성처럼
부모의 주변을 뱅글뱅글 돌며
엄마, 아빠의 품 안에서 세상을 배운다.

그렇게 아이의 세상은 부모가 중심이 되고

부모는 그런 아이를 위해 부단히 노력한다.

마음을 쏟고, 시간을 내어주며

아이의 행복을 위해 최선을 다한다.


그래도 부모는 항상 미안하다.

다 주고도 더 주지 못해 안타깝고

늘 부족하게 키우는 것 같아 안쓰럽다.


부모의 사랑이 끝이 없는 것은 이런 마음 때문이다.

한없이 주고 싶은 마음.

아낌없이 주고 싶은 마음.

무엇이든 다 주고 싶은 마음.

# 엄마

**엄** 엄마는 평생

**마** 마음속에 자식을 어린아이로 품고 산다


어머니는 잔소리쟁이다. 마치 CCTV처럼 나를 관찰하다가 조금이라도 지적할 것이 생기면 곧바로 잔소리가 쏟아진다. 같이 살 때는 얼굴을 마주 보며 들었고, 따로 살게 된 후부터는 전화와 메시지로 듣고 있다. 그나마 결혼하고 나서 횟수가 많이 줄긴 했는데, 아직 완전히 사라지진 않았다.

자주 듣는 잔소리가 있다. "밥 잘 챙겨 먹어라", "운전 조심해라", "옷 따뜻하게 입어라", "감기 조심해라", "술 많이 마시지 말아라". 몇 가지는 아주 어릴 때부터 듣던 것이다. 나는 이제 곧 마흔이 되지만, 아직도 어머니에게 어린아이 취급을 받고 있다.

어머니가 그런 말을 하실 때마다 참견처럼 느껴져서 짜증을 낸다. 내가 어린아인 줄 아시냐고, 다 알아서 하니까 잔소리 좀 그만하시라고 날카롭게 반응한다. 그러면 어머니는 매번 같은 대답을 하신다. 다 너를 위해서 하는 말인데 왜 화를 내느냐고, 나중에 엄마 없으면 이런 얘기해 줄 사람도 없다고. 이 반복되는 대화는 어머니와 나의 끝나지 않는 다툼거리다.

사실 어머니의 말씀이 맞다. 잔소리나 참견이 아니라 걱정돼서 하신 얘기라는 걸 나도 잘 알고 있다. 그냥 '네. 그렇게 할게요. 걱정해 주셔서 고마워요'라고 하면 되는데, 왜 자꾸 날 선 반응을 하게 되는 것일까.

내 성장기 시절의 어머니들은 헌신의 아이콘이었다. 자기가 좋아하는 것보다 가족들이 좋아하는 것이 중요하고, 남편과 자식을 위해서라면 희생도 마다하지 않는 사람이었다. 물론 요즘의 어머니들도 크게 다르지 않을 것이다.

철이 드는 나이가 되면서, 당연하게 받았던 것들이 사실은 어머니의 헌신이 담긴 노력 덕분이라는 걸 깨닫게 됐다. 그리고 큰 사랑에 대한 감사함만큼 죄송스러운 마음이 들었다. 그래서 어머니가 나를 걱정하는 게 싫어졌다. 아직도 자신보다 자식 걱정이 앞서는 어머니의 마음을 더 받기가 민망했기 때문이다. 하지만 쑥스러움 때문에 그 마음을 온전히 표현하지 못하고 짜증을 냈다. 마치 어릴 때 그랬던 것처럼 말이다.

인디언 격언에는 이런 말이 있다고 한다. "아이가 성인이 되면, 부모의 역할을 버리고 한 인간으로 돌아가라." 내가 바라는 건 어머니가 한 인간으로서의 행복을 찾으며 사는 것이다. 자식과 남편에게 쏟았던 마음을 앞으로는 모두 자신을 위해 쏟아서, 어머니로서의 행복을 넘어 한 사람으로서도 행복해졌으면 하는 바람이다.

오늘 폭우가 쏟아졌다. 일기예보를 보고 운전 조심하라며 보내주신 어머니의 메시지에 그 바람을 담아 다정한 답장을 보냈다.

"엄마. 걱정해 줘서 고마워요. 엄마도 외출하실 때 조심하세요. 그리고 부탁이 하나 있어요. 앞으로는 가족들에게 먹고 싶은 걸 묻기 전에 엄마가 드시고 싶은 걸 먼저 말씀해 주세요. 우리 그걸 먹으러 가요.

이제 가족들이 원하는 것, 가족들이 좋아하는 것보다 엄마가 하고 싶은 것, 엄마가 행복해지는 걸 먼저 생각하시면 좋겠어요. 엄마가 행복해야 우리 가족이 행복하니까요. 항상 감사합니다."

# 아빠

**아** 아빠는 평생 돈을 벌면서도

**빠** 빠듯하게 산다. 가족에게는 좋은 것만 주면서

지난 명절에 부모님 댁에 갔었다. 가족들과 거실에 모여 한참 얘기를 나누다 보니 아이가 보이지 않았다. 부모들은 다 아는 사실이 있다. 아이들이 조용할 때는 대체로 사고를 치는 중이다. 안방 문을 열었더니 여지없이 한판 벌여놓았다. 온 방이 크레파스로 알록달록했다. 그중에는 아버지의 지갑도 있었다. 아내가 안절부절못하니 아버지가 괜찮다며 허허 웃으셨다.

지갑을 닦으려고 보니 닦지 않아도 될 만큼 낡았다. 곳곳이 삭고 닳아버린 가죽 지갑, 카드를 넣는 곳이 너무 늘어나서 한곳에 두 장이 들어가도 남을 만큼 낡아 있었다. 내 기억이 맞다면 20년쯤 쓰신 것 같다. 그렇게 좋은 것도 아니었는

데 참 오래도 쓰셨다.

아버지는 늘 그러셨다. 가족의 물건은 형편이 어려울 때도 아끼지 않았지만, 자신의 물건은 형편과 상관없이 언제나 아끼셨다. 그래서 지갑뿐만 아니라 옷, 신발, 가방을 비롯한 아버지의 물건들은 모두 낡은 것뿐이었다. 좋은 것 좀 해드리려고 하면 필요 없다며 거절하시고, 강제로라도 사드리면 아끼느라 꺼내지 않으신다. 그런 물건들은 새것 그대로 장롱에 고이 모셔져 있다. 이제는 자신을 위해 쓰셔도 되는데, 아끼는 것이 습관이 된 아버지는 여전히 구두쇠다. 본인에게만 가혹한 구두쇠.

올해 아버지 생신에는 새 지갑을 선물해 드렸다. 고마운 아내가 몇 달 동안 용돈을 함께 모아줘서 좋은 걸 살 수 있었다. 아버지가 또 장롱에만 보관해 두실까 봐, 짧은 편지를 몇 자 적어 지갑 속에 넣어 두었다.

*"아버지 것에만 참고 아끼던 습관은*
*헌 지갑에 남겨서 추억으로 간직하시고,*
*가족을 위하는 마음만 새 지갑에 옮겨 담아주세요."*

# 결혼

**결** 결혼한 사람은 혼자인 사람을 부러워하고

**혼** 혼자인 사람은 결혼한 사람을 부러워한다


"어떤 사람과 결혼해야 하나요?"

유부남이 된 후에 아직 결혼하지 않은 후배들로부터 가끔 이 질문을 받는다. 나도 결혼을 한 번밖에 해보지 않아서 잘 모르지만, 무언가 대단한 대답이 나오길 기대하는 눈빛 때문에 항상 성심성의껏 말해주려고 한다.

가장 중요하게 강조하는 건 결혼하고 싶은 마음이 드는 사람과 결혼하라는 것이다. 명확하게 표현하긴 어렵지만, 그런 확신을 갖게 하는 사람이 반드시 있다. 결혼 적령기란, 나이가 아니라 이런 사람을 만났을 때를 말한다. 마음이 급해져서 만나고 있는 사람과 확신도 없이 결혼하는 모험은 하지 않는 게 좋다. 쫓기는 마음 때문에 판단력이 흐려져서 후회하는 선택을 하는 경우가 많기 때문이다.

다음으로 강조하는 건 대화가 통하는 것이다. 상대에게 원하는 걸 이해시킬 수 있고, 서운한 것을 설명할 수 있는 대화. 그 과정에서 큰소리와 상처 주는 말이 오가지 않으며, 감정을 설명할 수 있는 이성적인 단어들을 사용해 나누는 대화를 말한다. 부부가 되면 의논해서 결정해야 할 일이 많아진다. 대화가 통하지 않으면 그때마다 싸움이 시작되기 때문에 굉장히 중요한 조건이다.

아무리 좋은 인연이 나타나도 내가 그에 맞는 사람이 되지 못하면 맺어질 수 없다. 운명 같은 상대를 놓치지 않기 위해서는 자신도 노력과 준비를 해야 한다.

'노력해야 할 것'은 좋은 사람이 되는 것이다. 좋은 사람이란, 내가 상대에게 바라는 모습이다. 다정한 사람을 만나고 싶다면 따뜻하게 말하는 연습을 해야 하고, 부지런한 사람을 만나고 싶다면 게으른 습관을 고쳐야 한다. 내가 상대에게 기대하는 것은 상대가 내게 기대하는 것이기도 하다. 미래의 짝꿍에게 바라는 모습이 있다면 자신도 그것을 갖추기 위해 노력해야 한다.

'준비해야 할 것'은 삶의 모습을 정의하는 것이다. 예를 들면 단순히 '부자가 되고 싶다'가 아니라, '55세까지만 일하고 이후에는 여유롭게 살고 싶다. 그래서 그전에는 최대한 소비를 줄이고 저축과 투자에 집중하겠다'처럼 구체적인 계획이어야 한다. 이것을 보통 가치관이라고 하는데, 자신의 가치관을 다른 사람에게 설명할 수 있어야 그것에 공감하는 상대를 찾을 수 있다. 그런 사람과 결혼해야 같은 목표를 향해 살 수 있다.

평생 남으로 살던 사람과 가족이 되는 일은 쉽지 않다. 배우자의 것을 수용하고 나의 것을 변화시키는 과정은 덜컹거리는 비포장도로를 달리는 것과 같다. 이런 갈등과 고난이 예상됨에도 불구하고, 사람들은 왜 결혼이란 걸 하는 것일까?

결혼이 주는 최고의 장점이란 정서적 안정일 것이다. 혼자일 때 누리던 자유는 많이 제한되지만, 가정을 만들어 가며 얻게 되는 유대감과 따뜻함이 있다. 체온을 나누고, 같은 음식을 먹고, 감정을 공유하는 일 같은 것이다. 혼자일 때는 느낄 수 없는 온기, 그것을 통해 얻는 마음의 안정이 결혼이란 걸 하게 만든다. 심지어 필수적인 것도 아닌데 말이다.

# 부부

부 부족한 모습을 보여줄 때도

부 부끄러운 모습을 보여줄 때도 같은 편인 사람


할머니가 돌아가시는 꿈을 꾸었다. 연세가 많아지고 나서는 종종 이런 꿈을 꾼다. 그날 꿈은 좀 특이했다. 장례를 치르고 나서 할머니를 저쪽 세상 입구까지 배웅해 드렸다. 슬픈 마음을 억누르며 걷고 있는데 할머니가 잰걸음으로 길을 재촉했다. 서운한 마음에 할머니를 불러 세워 투정을 부렸다.

"이제 가면 한참 뒤에나 만날 수 있을 텐데, 왜 이렇게 빨리 가는 거야!"

머쓱해진 할머니가 내 볼을 어루만지며 말씀하셨다.

"오랜만에 걸으니까 신기해서 그래. 무릎이 안 아프니까 어릴 때로 돌아간 것 같아서. 그리고 네 할애비 기다릴 텐데 빨리 가야지. 혼자서 얼마나 심심했겠니."

평생 고생만 시켜서 밉다고 하시더니, 그래서 살아계실 때
는 매일 구박만 하시더니, 할아버지 만나러 가는 길이 왜 그
렇게 신나신 걸까.

다음날 할머니께 꿈 이야기를 해드렸다. 평생 자기밖에 모
르던 영감 하나도 안 보고 싶다며 펄쩍 뛰셨다. 그리고 한마
디 덧붙였다. "말하기 좋아하는 영감이 얘기할 사람 없어서
심심하긴 했겠네." 역시 할아버지를 그리워하시는 게 맞는 것
같다.

그러고 보니 할머니는 항상 할아버지 곁에 계셨다. 밉다고
구박하면서도 언제나 할아버지와 함께했다. 큰 사고가 나서
몇 년 동안 병원에 입원했을 때도, 사기를 당해 큰돈을 잃어
버렸을 때도, 사고 후유증 때문에 일흔 넘어 병시중을 들어야
했을 때도 할머니는 할아버지 곁을 떠나지 않으셨다. 할아버
지도 마찬가지다. 매일 구박과 타박을 받으면서도 돌아가실
때까지 할머니 옆에 꼭 붙어 계셨다.

어느 결혼식이나 〈성혼선언문〉이라는 걸 읽는다. 결혼이 성
사되었다는 것을 선언하는 글이다. 이것에는 대체로 이런 문
장이 포함된다. '일생을 같이 하겠다', '힘든 일도 함께 이겨내

겠다', '서로 위해주며 살겠다' 같은 말들이다. 형식적이고 아름답게 꾸민 글이라고만 생각했는데, 지금 보니 모두 '같은 편'이 되어 주겠다는 뜻이다. 사랑할 때는 물론이고 잠시 사랑하지 않게 되는 순간에도 언제나 같은 편에 서겠다는 약속, 부부란 그런 마음으로 사는 사람들이다.

그래서 꿈에 나왔던 할머니도 신이 나셨나 보다. 평생 함께 했던 같은 편을 만나러 가는 길이라서. 다시 할아버지의 편이 되어 주고, 할아버지가 편이 되어 줄 것이 즐거워서. 언제나 내 편이었던 남편이 기다리고 있어서.

# 육아

**육** 육아란

**아** 아이를 키우며 나 자신도 성장해 가는 것

아이가 장난감 공구함을 가지고 할머니 방에 들어간다.

무슨 장난을 치려고 그러나 쫓아가 보니

바닥 가득 공구를 늘어놓았다.

할머니 발에 드릴을 대고 '지-잉, 지-잉' 소리를 낸다.

드라이버를 종아리에 문지르며 돌리는 시늉을 한다.

무슨 놀이를 하고 있는지 물어보았다.

몇 가지 단어와 몸짓을 사용해 설명을 해 준다.

'할머니의 다리를 고치고 있다'는 뜻이었다.

집 안에서도 보조기가 있어야 걸을 수 있는 할머니를

걷게 해 주고 싶었나 보다.

그래서 그렇게 진지한 얼굴로 열심이었나 보다.

다리가 낫지 않았는데도 할머니가 환하게 웃으셨다.

아이를 꼭 안고 사랑스럽게 쓰다듬어 주셨다.

두 살 난 아이에게서 가족을 위하는 마음을 배운다.

아이의 성장을 보며, 나도 성숙해진다.

# 식사

**식**　식구들끼리

**사**　사랑을 표현하는 안부인사, "밥은 먹었니?"


　한국 프로야구를 주제로 했던 드라마 〈스토브리그〉에는 재미있는 얘기가 나온다. 구단을 해체하려는 압박 속에서 팀을 지켜내기 위해 고군분투하는 백승수 단장(남궁민 분)은 밥을 먹을 때마다 음식 사진을 찍는다. 꼼꼼하고 철저한 성격의 백승수가 식단관리를 한다는 설정인가 싶었는데, 알고 보니 어머니에게 보내는 것이었다. 무뚝뚝한 아들과 어머니가 안부를 나누는 방식이다.

　어머니는 홀로 장기입원 중인 아버지를 간호하고 있다. 간병 생활로 지쳤을 어머니를 귀찮게 하지 않으려고 아들은 음식 사진으로 안부를 전한다. '저는 잘 지내고 있습니다'라는 뜻이다. 또 그걸 확인하는 어머니를 보며 '엄마도 잘 지내시는

구나. 아직 나를 걱정해 줄 만큼 괜찮구나'라는 안부를 받는다. 다정한 말이 가득하진 않지만, 서로에 대한 사랑이 넘치는 따뜻한 인사다.

"밥은 먹었니?" 어머니와의 전화는 항상 똑같은 질문으로 시작된다. 그리고 가끔 식사를 거른 날에는 "밥 꼭 챙겨 먹어라"라는 당부로 통화가 끝났다. 어머니는 늘 자식의 끼니가 궁금하다.

어머니에게 '밥'이란 마음을 채우는 수단이다. 영양보충이란 일차원적 행위가 아니라 마음을 든든하게 하는 원천이다. 밥을 잘 먹으면 배가 든든하고, 배가 든든하면 마음이 여유롭다. 그렇게 여유로운 마음으로 따뜻하고 단단한 어른이 되라고 어머니는 항상 자식의 끼니를 챙기신다.

자식의 마음을 채워주고 싶은 어머니의 소망. 한집에 살 때는 당신이 직접 챙겨주셨지만, 독립해 따로 살게 된 후부터는 그렇게 해 줄 수 없다. 그래서 늘 확인하고 싶으신 거다. 사랑하는 아들딸이 고된 타지살이로 마음이 허하진 않은지, 엄마가 보지 못하는 곳에서 밥도 못 먹을 만큼 힘든 일을 겪고 있진 않은지. 그 안부를 일일이 다 확인하기가 어려워서 함축하고 축약해 묻는다. 밥은 먹었느냐고.

아마 대부분의 가족이 그럴 것이다. 어떤 목적이든, 어떤 의미든, 혹은 습관적인 질문일지라도 서로에게 밥을 먹었냐고 묻는 마음은 다 똑같다. 그러니까 다음번에 이 질문을 받게 된다면, "네/아니오"라는 짧은 대답 대신 무엇을 먹었는지, 얼마나 맛있었는지 이야기해 드리는 게 어떨까. 잘 지내고 있으니 마음 놓으시라는 의미를 담아서. 따뜻하고 단단한 어른으로 살고 있다는 마음을 담아서.

## 에필로그

*Si vales bene est, ego valeo*
*당신이 잘 지낸다면, 나도 잘 지냅니다*

책을 쓰기 시작했던 순간부터 이 문장을 담아두었다. 사실 《라틴어 수업》이라는 책에 나왔던 해석은 '당신이 잘 계신다면 잘 되었네요. 나는 잘 지냅니다'였지만, 내가 느껴지는 의미로 의역해서 적어두었다. 로마 사람들이 편지 첫머리에 즐겨 썼다는 이 안부 인사를 꼭 책의 끝인사로 쓰고 싶었다.

책을 시작하면서 당신에게 위로가 되길 바란다 했었다. 그동안 일궈온 삶을 너무 낮게 평가하거나, 잘못 살고 있는지 모른다는 불안감에서 벗어나길 바라는 의미였다. 책의 마지막 장을 읽은 후에 당신이 얼마큼 안심하게 되었는지 궁금하다. 치열하게 보냈던 시간 속에서 가치를 찾게 됐는지, 삶을 위해 쏟았던 노력들이 틀리지 않았다는 걸 알게 됐는지. 만약 그렇게 되었다면 평온한 감정이 들었을 것이다. 어지간한 일에는 동요되지 않으며 쉽게 차가워지거나 뜨거워지지 않는, 마치 깊은 호수와 같은 평온이다.

이 책의 페이지를 넘겨오는 동안 당신의 마음에 평온이 찾아왔기를 바란다. 불안, 후회, 우울처럼 오래 담아 두고 싶지 않은 감정들이 희석되었기를 바란다. 혹시 지금 그렇지 못하더라도 글을 읽는 동안 어느 순간이 평온했다면 그걸로 충분하다. 훗날 삶에 치여 마음이 복잡해졌을 때, 책 어디에선가 느꼈던 평온이 그리워지면 충분하다. 그 정도면 삶이 고된 순간마다 위로가 될 기억이 새겨진 것이니까.

'다른 사람에게도 가치 있는 글을 쓰겠다.'

출간을 준비하는 동안 수없이 되뇌었던 다짐이다. '나의 글'이지만 '남을 위한 글'을 쓰고 싶었다. '이런 글을 써주어 참 고맙다'라는 생각이 들게 하고 싶었다. 편지를 읽는 사람이 먼저 잘 지내야만 편지를 쓴 사람도 잘 지낸다던 로마 사람들처럼, 나도 이 책을 읽을 당신의 마음을 먼저 생각했다. 나

의 바람처럼 당신이 평온해졌는지 알 수 없지만, 부디 봄날의
햇살 같은 따스한 위로의 기억으로 남길 바라며 오래 담아두
었던 끝인사를 전한다.

"당신이 평온해졌다면, 나도 평온합니다."

쓰는 존재 5

# 단어의 위로

| | |
|---|---|
| 초판 1쇄 발행 | 2024년 3월 20일 |
| 초판 2쇄 발행 | 2024년 4월 22일 |

| | |
|---|---|
| 지은이 | 시골쥐 |
| 펴낸곳 | (주)행성비 |
| 펴낸이 | 임태주 |
| 책임편집 | 이윤희 |
| 디자인 | 최성경 |
| 마케팅 | 한경화, 배새나 |

| | |
|---|---|
| 출판등록번호 | 제2010-000208호 |
| 주소 | 경기도 김포시 김포한강10로 133번길 107, 710호 |
| 대표전화 | 031-8071-5913 |
| 팩스 | 031-8071-5917 |
| 이메일 | hangseongb@naver.com |
| 홈페이지 | www.planetb.co.kr |

| | |
|---|---|
| ISBN | 979-11-6471-256-4 (03810) |

행성B는 독자 여러분의 참신한 기획 아이디어와 독창적인 원고를 기다리고 있습니다.
hangseongb@naver.com으로 보내 주시면 소중하게 검토하겠습니다.